Fabula

Llŷr Gwyn Lewis

y Lolfa

Argraffiad cyntaf: 2017
© Hawlfraint Llŷr Gwyn Lewis a'r Lolfa Cyf., 2017

Cynllun y clawr: Sion Ilar

Rhif Llyfr Rhyngwladol: 978 1 78461 401 0

Dymuna'r cyhoeddwyr gydnabod cymorth ariannol
Cyngor Llyfrau Cymru

Cyhoeddwyd ac argraffwyd yng Nghymru
ar bapur o goedwigoedd cynaliadwy gan
Y Lolfa Cyf., Talybont, Ceredigion SY24 5HE
e-bost ylolfa@ylolfa.com
gwefan www.ylolfa.com
ffôn 01970 832 304
ffacs 01970 832 782

o *The Moths of the British Isles* Richard South (1907)

fabula

1. *Fabula*, sometimes explicitly designated 'untrue', comprises events which are not simply untrue, but not even like the truth, not even plausible.
   (D. H. Green, *The Beginnings of Medieval Romance. Fact and Fiction, 1150–1220*)

2. the term used in Russian formalism for the 'raw material' of story events as opposed to the finished arrangement of the plot (or *sjuzet*); the distinction reappears in later French narratology as that between *histoire* (story) and *récit* (account).
   (*The Oxford Dictionary of Literary Terms*)

3. *fabula zollikoferi*, dosbarthiad Freyer (1836): gwyfyn sy'n perthyn i urdd y Lepidoptera a theulu'r Noctuidae; yn Gymraeg, y Gwladwr Bwaog.

Cynnwys

Hydref yw'r gwanwyn

fabula, *historia* ac *argumentum* yn yr Ariannin

H YD YN OED o dan oleuadau strip y bwyty *parrillada*, roedd hon yn edrych fel gwledd o'r iawn ryw. Fyddem ni byth wedi mentro i mewn i'r fath le ar ein pennau'n hunain: y byrddau oelcloth coch wedi'u pacio'n dynn at ei gilydd ac eisoes yn orlawn, a'r waliau hefyd wedi'u llenwi â phosteri o hen hysbysebion cwrw Quilmes, mapiau a siartiau o'r wlad wedi pylu a glasu, a phortreadau o bobl na wyddem ni pwy oeddynt mewn fframiau goreuraidd, drws nesaf i faneri yn dwyn lliwiau ac insignia'r Boca Juniors. Roedd y lle'n llawn mwg a stêm ac oglau cig a ffrio a chlebran uchel a chlincian gwydrau. Ond gan fod Ciana a Marcos wedi mynnu bod yn rhaid inni ddod yma i brofi *parrilla* go iawn, mentro a wnaeth L. a minnau. Cymerodd rai eiliadau i ni gynefino â'r golau ar ôl tywyllwch y stryd tu allan. Roedd hi'n gynnes i mewn yma hefyd, a ninnau wedi'i gweld hi'n dechrau oeri am y tro cyntaf y noson honno. Roedd hi'n ddiwedd Mai, a'r hydref eisoes ar droed. Roedd y papurau'n llawn o sôn am haid o wyfynod – *polillas* oedd eu gair amdanynt – a oedd wedi disgyn ar Buenos Aires dros yr haf, yn goron ar haf cythryblus o streiciau gan yr heddlu a thywydd anwadal. Bellach roedd y trigolion yn falch o deimlo pethau'n dechrau oeri, a'r gwyfynod yn diflannu'n ôl i Uruguay o'r lle daethent.

Yn gynharach, roedd L. a minnau wedi mwynhau Quilmes mewn potel hynafol yr olwg ar do'r hostel, gan edrych allan dros dyrau a goleuadau llachar Buenos Aires dros ruthr traffig chwe-rhes yr Avenida de 9 Julio, ac Evita Perón ar ei thŵr yn gwylio'r cyfan. Hongiai adeilad ar hanner ei orffen drosom ar y chwith inni, wrth i'r dydd dywyllu'n gyflym ac yn gynnar. Yna gadawodd y ddau ohonom ddrysau a lloriau pren yr hostel a chlebar y sioeau gemau Sbaeneg ar y teledu, hel ein *pesos* a mentro allan at bafin sgwarog, craciog San Telmo, i gael ein cyfarch gan boster mawr yr ochr arall i'r stryd a hysbysebai, dan olau cras, ffilm o'r enw *Muerte en Buenos Aires*.

Anodd o hyd oedd ceisio ffeindio'n ffordd rhwng gridiau trefnus y ddinas. Byddai strydoedd anhrefnus, blith draphlith, llawn troadau, wedi bod yn haws eu cofio a'u hadnabod o lawer. Roedd y palmentydd eu hunain, hyd yn oed, wedi'u creu ar ffurf sgwariau bychain i gyd, fel pe bai'r sawl a'u gosododd wedi ceisio deall a gweld, wrth wneud, ymhle'n union yr oedd yntau ar y pryd. Neu efallai mai ceisio helpu'r rhai a fyddai'n dod ar ei ôl dros y palmentydd hyn yr oedd wrth arysgrifio microcosm bychan o'r ddinas i bob palmentyn. Teimlem ein bod yn camu i mewn i fap gyda phob cam. Ac fel gridiau'r ddinas ar y map, allwn i ddim penderfynu ai sgwariau ynteu diemwntiau oedd y rhain chwaith. Hwyrach bod ein synhwyrau ar ddifancoll rhwng yr holl newydd-deb; hwyrach y dibynnai'r cyfan ar eich ffordd o edrych arnynt. Byddai L., pe bai'n ymwybodol o'm meddyliau innau, wedi dweud wrthyf am beidio â mwydro ac am frysio, wir.

Ond roeddem wedi dod o hyd i'r lle yn y diwedd, a Ciana

a Marcos yn aros amdanom y tu allan a ninnau'n falch o'u gweld. Yna ar ôl swper helaeth o *provolone*, *morcilla*, *chorizo*, stecen, ac amryfal ddarnau eraill amheus ond amheuthun o gig, wedi'i olchi i lawr â digon o Malbec a dŵr, aeth y pedwar ohonom i droedio'r gridiau hynny eto, a'r map bellach yn dechrau ymffurfio yn fy mhen. Does dim sy'n fwy brawychus na'ch cael eich hun am y tro cyntaf mewn dinas ddiarth heb na syniad nac amcan o'ch lleoliad na'ch cyfeiriad, heb y map yn eich pen. Cerddwch hyd y lle am ddigon hir ac fe ddaw hwnnw yn eich pen i'w le fesul stryd, fesul grid yn raddol. Ond chewch chi fyth mo'r diniweidrwydd brawychus, braf hwnnw'n ôl eto wedyn, y teimlad o fod yn llwyr ar goll hanner ffordd rownd y byd. Diolch byth, efallai, fod rhagor o ddinasoedd i'w cael i fynd ar goll ynddyn nhw nag y cawn ni fyth ymweld â hwy o fewn un oes.

Roeddwn i'n ddigon cyfarwydd â'r ardal bellach i sylweddoli nad oedd y llwybr roedd Ciana a Marcos yn ei gymryd tua'n cyrchfan nesaf yn un cwbl uniongyrchol; tueddem i droi'n ôl arnom ein hunain neu fynd heibio i ddau floc, pan fyddai un wedi'n cludo yno'n gynt. Haerllugrwydd, wrth reswm, fuasai crybwyll hynny wrth ddau a fagwyd yn y ddinas ac a'i hadwaenai fel y gridiau bychain bach hynny yn y croen ar gledr llaw. Dilyn yn ufudd oedd gwaith L. a minnau. Wrth droi un gornel a chyrraedd stryd fymryn yn ehangach, gwelsom ar y palmant gymeriad tal, llydan yn sefyll yn stond ar osgo. Daethom ato o'r tu ôl iddo, ac wrth ddod yn nes gwelsom yn fuan mai rhyw fath ar fodel neu gerflun plastig oedd hwn, a chanddo siwt a thei ac wyneb cartwnaidd, ei freichiau ymhleth a'i wyneb mewn rhyw ystum o hanner chwerthiniad, hanner syndod. Mynnais gael sefyll wrth ei ochr, a thynnu fy llun.

Wedi deall, roedd nifer o'r cerfluniau hyn wedi'u dotio o amgylch ardal San Telmo. Cymeriadau o gartŵn 'Mafalda' oeddent, cartŵn gweddol blentynnaidd yr olwg a gynigiai, er hynny, olwg ddychanol a deifiol ar wleidyddiaeth ddyrys y wlad. Roedd y model o Mafalda ei hun (merch ifanc, chwech oed, sy'n destun rhwystredigaeth a phenbleth i'w rhieni oherwydd ei chwestiynau treiddgar ac amhosib-eu-hateb ynghylch materion megis comiwnyddiaeth yn China, ond sydd hefyd yn meddu ar atgasedd nodedig at gawl) yn eistedd ar fainc yn union gyferbyn â fflat ei chreawdwr a'i harlunydd, Quino, mewn rhyw fath o wrogaeth barhaus iddo, bron fel ci yn aros yn ffyddlon am feistr na fyddai fyth yn cyrraedd adref.

Dyna pam, erbyn deall, yr oedd Ciana a Marcos, ei chariad, wedi bod yn ein harwain ar gyfeiliorn ymddangosiadol, er na olygai'r modelau hyn fawr ddim inni ar y pryd. Wrth gerdded tua'r gogledd wedyn, ar ôl i L. hithau fynnu cael tynnu'i llun yn eistedd nesaf at Mafalda ar y fainc, meddyliais am y cartwnau a'r modd y daethai eu cymeriadau allan o'r straeon fel petai, ar faintioli mwy na bywyd ei hun, i hawlio strydoedd y ddinas, a phobl yn tyrru i'w gweld er na wyddent fawr ddim am yr hanes, ac fel ninnau yn mynnu cael tynnu llun gyda hwynt, bron fel pe baent yn enwogion o gig a gwaed. Ond beth wedyn oedd y gwahaniaeth rhwng y modelau plastig hyn a'r cerflun carreg anferth o Mendoza a welsom yn y parc? Y rhain oedd cerfluniau hanesyddol y dyfodol.

Yn ddiweddarach, wedi'r cerdded maith ar hyd Avenida de 9 Julio brysur, lydan, ddi-ben-draw, cyrhaeddodd y pedwar ohonom floc uchel o fflatiau, cyn cael ein cyfarch gan y perchennog a'n harwain i lifft cyfyng, sigledig a'n cododd i'r llawr uchaf. Fe'n cyfarchwyd â chusan gan ddieithriaid llwyr, ac yno roedd dawnsio a mwg a miwsig *cumbia* a diod werdd gref a flasai fel past dannedd, a balconi lle disgleiriai'r holl stryd brysur, lydan oddi tanom. Yno roedd plant yn rhedeg reiat o gwmpas y fflat tra dawnsiai eu rhieni o'u cwmpas. Roedd sbliff yn cael ei phasio o amgylch yr ystafell a chawsom ninnau, allan ar y balconi, ein cornelu gan ddyn ifanc oedd yn meddwl mai ei gyfaill yntau oedd y boi doniola'n fyw, am iddo benderfynu codi pac am Sbaen, ond iddo gael ei ddiportio o'r wlad gwta ddeufis ar ôl ei chyrraedd.

Pan adawodd L. a minnau ryw deirawr yn ddiweddarach, roedd tramwyfa'r pafin wedi tawelu'n sylweddol, er bod y traffig yn dal i ruo wrth inni ymlwybro'n ôl at yr hostel yn San Telmo, a gridiau map y palmant yn wag unwaith eto. Mewn gwirionedd, pe bai L. a minnau wedi dewis addef y naill wrth y llall, yr oeddem yn annibynnol ar ein gilydd wedi teimlo dogn go helaeth o berygl ac ofn wrth ddychwelyd ar hyd yr Av. de 9 Julio, pob adyn blêr a'n pasiai bellach yn gwisgo golwg go filain yn ei drem, a'i osgo'n fygythiol. Ond dyma gyflymu'n camre ryw fymryn a distewi, yn falch o gyrraedd drws y llety mewn un darn ond yn falch hefyd o fod wedi cael profi goleuadau llachar a chorneli tywyll y ddinas hanner-gorffenedig.

Y bore wedyn roedd hi'n bwrw'n ysgafn, bron yr unig law a gawsom tra buom yn y wlad, a braidd na welech ben draw'r strydoedd trwy'r niwl. Ymlwybrodd L. a minnau drachefn hyd gridiau San Telmo, oedd yn ddieithr unwaith eto mewn glaw a golau dydd, a map y noson cynt fwy neu lai wedi'i ddifetha. Anelem am amgueddfa El Zanjón de Granados.

Ger Defensa daethom o hyd i ddrysau mawr pren, siâp grid, ym mlaen adeilad a ymddangosai'n debyg i bob un arall ar y stryd. Dyma ganu'r gloch, gan aros am beth amser, i'r fath raddau nes inni ystyried gadael. Ond agorwyd inni o'r diwedd a chamodd y ddau ohonom i mewn i ofod rhyfeddol. Safem mewn math ar hen dŷ a ddyddiai'n ôl, a barnu wrth ein safonau ninnau o'r henfyd, i tua 1800. Fe'n cyfarchwyd gan ŵr ifanc, a ymddangosodd fel pe o nunlle, ac roedd yn wir ddrwg ganddo a'i ymddiheuriadau'n llaes, ond os mai'n dymuniad oedd cael taith dywys drwy'r adeilad yn Saesneg, yna roedd rheidrwydd arno i'n hysbysu bod y wraig a arferai arwain y teithiau hynny yn bur wael ei hiechyd ac yn derbyn triniaeth yn yr ysbyty. Ond byddai'n gwneud pob ymdrech bosibl i ddod o hyd i rywun a allai'n tywys. Efallai, awgrymodd â thinc o gyffro rhyfedd yn ei lais a'i lygaid yn bywiogi, efallai'n wir mai'r 'director' ei hun a fyddai'n ein harwain. Ynganodd y gair hwnnw nid yn y ffordd Saesneg ond yn y ffordd Sbaeneg. Gallai L. a minnau synhwyro, o dinc rhyfedd y gŵr ifanc, y byddai hyn yn fraint aruthrol pe bai'n digwydd. Felly y mae'r gagendor rhwng cyfandiroedd a rhwng diwylliannau o ddau ben gwahanol i'r byd yn ei amlygu ei hun pan gyferfydd y ddau, am wn i: mewn amrannau awgrymog ac yn nhinc y llais.

Diflannodd y gŵr ifanc ac roeddem ein hunain, drachefn, yn y gofod ysblennydd; rhyw fath o atriwm heb loriau uwch ein pennau a olygai y gallem weld hyd at y nenfwd. Roedd y brics coch wedi'u dadorchuddio ac wedi'u goleuo mewn modd artistig, nes na allem benderfynu a oeddem mewn tŷ tenement o ddechrau'r 19eg ganrif neu mewn oriel gelf. Safodd y ddau ohonom mewn distawrwydd nes ymhen hir a hwyr, eto fel pe o nunlle, yr ymddangosodd dyn penfoel, gwyn ei fwstásh, mewn pwlofyr las tywyll, trywsus melfaréd, a sbectol gron ar ei drwyn. Gwenodd arnom ac ar unwaith teimlem ein bod yng nghwmni rhyw henwr mwyn, neu daid, ond yr oedd rhywbeth hefyd yn ei wên ac yng nghyffyrddiad cadarn ei law pan fynnodd ysgwyd ein dwylo a awgrymai rhyw benderfyniad oedd yn ymylu ar lymder. Heb fawr ymdroi dechreuodd ein tywys o amgylch yr adeilad gyda chryn feistrolaeth a gwybodaeth drylwyr. Roedd ganddo nifer o idiomau a throeon ymadrodd wrth siarad a'm trawai i'n lledrithiol neu'n hudol; y math o briodweddau na allent ond deillio o gael y Saesneg yn wirioneddol yn ail iaith, nid yn rhyw iaith-gyntaf-arall fel y mae gennym ninnau. Bron nad clywed ei Sbaeneg drwy hidlydd a wnaem. Wrth inni basio ffenestr uchel mewn wal a wahanai ddwy ran wahanol o'r adeilad, ond a grëwyd ar gyfer siop nas adeiladwyd erioed, fe'i disgrifiodd fel 'love letter to a marriage that never happened'. Trueni na allaf gofio'r lliaws troeon ymadrodd eraill a buprai ei sgwrs.

Holodd ni o ble deuem a beth oedd ein cefndir a'n gwaith. Roedd hyn yn bwysig, meddai, er mwyn iddo gael dewis pa straeon a pha fanylion i'w rhannu â ni, 'because there are many ways of looking at a stone'. Wrth inni grwydro rhwng amrywiol lefelau y *conventillo* a chodi ac esgyn rhwng gwahanol haenau o'r adeilad, a dysgu drwy hynny am y ffyrdd y cawsai'r adeilad ei ddefnyddio dros y degawdau a'r canrifoedd, disgrifiai'r gŵr inni wahanol rannau ac arteffactau, megis y tanc dŵr seramig anferth a ddefnyddiwyd yn ddiweddarach i storio blawd. Ar un adeg, bu'n floc o fflatiau i nifer o deuluoedd tlawd, a phan brynwyd y lle – roedd y gŵr yn hynod ofalus mai 'we' ('ni') a ddefnyddiai o hyd wrth grybwyll y prosiect – roedd mewn stad go druenus. Aeth â ni i lawr wedyn, ymhellach i grombil y lle, islaw lefel y stryd, nes ein harwain trwy gyfres o dwneli, eto i gyd â'u brics wedi'u goleuo'n gelfydd, a ymestynnai yn llawer pellach na'r hyn yr oedd modd i ninnau ei weld, nes inni gyrraedd un man lle'r oedd y palmant yn y llawr yn ymrannu'n ddwy ran, fel fforch, a'r ddau dwnnel wedyn yn ymestyn i ffwrdd i'r tywyllwch. Eglurodd yr henwr wrthym mai dyma'r lle a roesai'i enw i'r amgueddfa, y Zanjón de Granados, gan y golygai *zanjón* ryw fath o hafn neu geunant. Dyma'r ceunant lle cyfarfyddai dwy afon, unwaith, a'r man lle credid y cyfanheddwyd gyntaf pan ddaeth y Sbaenwyr, dan arweiniad Pedro de Mendoza, i sefydlu Santes Fair y Pêr Awelon. Daliai'r ddwy afon fechan i lifo o dan y palmant hwn, gan ddylifo maes o law i afon Plata, rai degau o fetrau i'r dwyrain.

Erbyn diwedd y daith, er nad oedd neb wedi dweud hynny wrthym yn uniongyrchol, roeddem wedi synhwyro mai'r dyn hwn yn wir oedd y 'director' ei hun. I wneud yn berffaith saff, hanner gofynnais iddo am hyn, ac atebodd yntau'n syth: 'I am the man who did it.' Soniodd am lythyr yr oedd wedi'i dderbyn rai blynyddoedd yn ôl gan hen wreigan a arferai fyw yn yr adeilad pan oedd, o hyd, wedi'i rannu'n slymiau. Roedd hi'n hynod ddiolchgar iddo am ei waith yn trawsffurfio a chadw'r adeilad, a bu hi'n anfon disgrifiadau helaeth ato o'r ffordd o fyw yno yn ei phlentyndod ac o gyflwr a ffurf y lle y pryd hwnnw. Er ei gobaith a'i deisyfiad i gael dychwelyd i weld y lle unwaith drachefn, bu hithau farw mewn damwain car cyn cael cyfle i wneud hynny. Yr oedd a wnelo hyn, eglurodd yr henwr, â rhywbeth na fyddem ninnau eto o reidrwydd, yn ifanc fel roeddem, yn gwybod fawr ddim yn ei gylch, gair sydd yn fy nharo'n awr, wrth imi geisio dweud yr hanes, yn anodd i'w gyfleu mewn un gair Cymraeg, ai tynged, neu ffawd, neu ragordeiniad: 'destiny' oedd y gair a ddefnyddiodd yntau. 'Destiny' a'i harweiniodd o, yn bensaer ac yn ŵr busnes ifanc ddechrau'r wythdegau, i brynu'r adeilad hwn a dechrau ei droi yn fwyty a gwesty moethus, ond ei fod wedi canfod y *zanjón* islaw'r adeilad, a'r twneli, a'r trugareddau i gyd, yn y broses, ac wedi penderfynu troi'r lle yn amgueddfa i fyd a ddiflanasai. Fyth oddi ar hynny, roedd wedi cysegru ei fywyd a'i waith i'r adeilad hwn, i'w adferiad a'i gadwraeth, yng nghwmni tîm o benseiri ac adeiladwyr, er mwyn bod, yn ei eiriau ei hun, 'the archaeologist of memory, the custodian of this house of destiny'.

Ychydig a wyddai yntau, fodd bynnag, y byddai'r gair hwnnw a'r hyn oedd ganddo i'w ddweud nesaf, bron fel pe drwy 'destiny', yn lliwio ac efallai'n llywio'r cyfan a welem dros y dyddiau a'r wythnosau canlynol. Ceisiodd egluro'i deimladau am y tŷ hynod a'r modd yr oedd wedi newid cwrs ei fywyd trwy gyfrwng y ddau air Saesneg 'story' a 'history', gan honni mai dim ond un gair cyfatebol oedd mewn Castellano, ac y gallai 'historia' olygu stori neu hanes, ac yn wir nad oedd modd bob amser wahaniaethu rhyngddynt. Yn hynny o beth ni allai fod yn gwbl sicr beth oedd wedi digwydd iddo dros y deng mlynedd ar hugain a mwy diwethaf, a oedd hyn oll wedi digwydd go iawn, nac yn wir beth a gynhwysai'r tŷ ei hun a'r holl bethau a oedd wedi digwydd rhwng ei furiau dros y canrifoedd, ai 'story' ynteu 'history'.

Cofiais innau am fy astudiaethau rai blynyddoedd yn ôl, a'r modd yr oeddwn wedi canfod mai ffenomen neu ffordd o feddwl gymharol fodern yw'n dull ni o wahaniaethu'n eglur rhwng ffaith a ffuglen, rhwng *historia* a stori, a rhwng *historia, argumentum*, a *fabula*. Cofiwn fel roeddwn wedi darllen cyfrol gan ysgolhaig o'r enw D. H. Green, a ddadleuai nad oedd cynulleidfaoedd canoloesol yn malio rhyw lawer p'un a oedd rhyw chwedl neu'i gilydd yn 'wir' ai peidio – hynny yw, a oedd yn ffeithiol a hanesyddol gywir. Na, iddynt hwythau, roedd a wnelo 'gwirionedd' yn fwy o lawer â'r cwestiwn a oedd rhywbeth yn gredadwy ai peidio: nid gofyn felly a oedd rhyw chwedl wedi digwydd go iawn (*historia*), yn gymaint â gofyn a allai o fewn ffiniau pethau credadwy fod wedi digwydd go iawn (*argumentum*). Ond y tu hwnt i hynny, gallai'r cynulleidfaoedd hyn hefyd dderbyn fod i rai chwedlau gymeriadau a digwyddiadau nad oedd modd yn y byd gredu iddynt fyw neu ddigwydd go iawn. Doedd hynny'n mennu dim ar eu mwynhad nac ar eu gallu i dderbyn yr amrywiol elfennau hyn o fewn yr un chwedl, heb ofyn 'pa rannau o'r stori hon sy'n wir' a beth sy'n ffrwyth y dychymyg. I mi roedd hyn yn awgrymu eu bod hwythau, yn eu ffordd, yn gynulleidfa dipyn mwy aeddfed na ni heddiw, gan eu bod yn derbyn yn llawen mai clytwaith o wirioneddau a chelwyddau yw pob stori dda mewn gwirionedd, ac yn gallu mwynhau'r stori, a'i hadrodd a'i thraddodi, doed a ddelo.

Wrth inni ffarwelio â'r 'director' hynaws ac wrth inni ymadael â'r Pêr Awelon rai oriau'n ddiweddarach, ni allwn ymysgwyd oddi wrth yr hyn yr oedd yntau wedi'i ddweud wrthym y bore hwnnw, a'r modd yr oedd wedi f'atgoffa o'r ffin hynod denau ac, yn y pen draw, gwbl ddibwys a diarwyddocâd honno, rhwng gwir a gau, rhwng beth sy'n real a'r hyn sy'n gynnyrch y dychymyg. Gyda'i eiriau ar ein meddyliau yr hedfanodd L. a minnau yn ein blaen, gan esgyn oddi wrth ddinas hanner-gorffenedig y pêr awelon tuag at gyflawnder diddiwedd y paith.

Amhosib bellach fyddai amgyffred yn iawn yr effaith a gafodd y ffaith inni ymweld â'r Pêr Awelon yn gyntaf ar ein hymweliad canlynol â'r Wladfa Gymreig ym Mhatagonia, a hithau'n wacach a mwy diffaith yno, a'r Gaiman fel y bedd. Doedd dim modd dileu'r drefn honno, a'r dolenni a'r cysylltiadau a greodd ynom, na'i dad-wneud bellach. Y ffaith, er enghraifft, inni ymweld â Phortmeirwon (chwadal Twm Morys ac Iwan Llwyd), y fynwent anferth yn Recoleta, a'i phalasau enfawr o gerrig beddi i'r meirwon cyfoethog, cyn cael cyfle i ymlwybro rhwng cerrig beddi diffaith, moel, Piwritanaidd y Gaiman. Rhyfedd meddwl mai'r rheini, ac nid creadigaethau mawr coegwych Recoleta, a ymddangosai'n hen ffasiwn a threuliedig, bron yn *kitsch*. Mewn tref fel y Gaiman, lle'r oedd fel petai amser wedi aros nes y teimlai'r byd newydd hwn gymaint yn hŷn na'n henfyd ninnau, ni allwn lai na theimlo nad oedd y pensaer mwyn mwstasiog hwnnw, a'i gymysgedd o *story* a *history*, ymhell o'i le.

Wn i ddim beth roedden ni'n ei ddisgwyl gan y lle. Nid Cymru oedd yma; neu o leiaf, nid oedd Cymry yma. Ond roedd yr hydref yn fwy taer yn y fan hon, y dail yn frown ac aur eisoes, a ninnau'n teimlo'r oerfel. Un siesta parhaol oedd hi, ninnau'r unig gwsmeriaid yn prynu cig a chaws a bara a gwin o'r archfarchnad fechan, ac yn caru'r prynhawniau lle nad oedd neb. Roedd yr haul yn danbaid o oer.

Cawsom ein siomi droeon yn ystod y daith honno: roedd y felin yn Nolavon ar gau, a'r perchennog ar ei wyliau blynyddol yn La Plata gyda'i ferch; yn Nhŷ'r Bardd (marw) roedd y ddynes agor drysau yn gwneud ei neges yn y dref; yn nhŷ'r bardd (byw) yn Nhrelew cawsom ei fod wedi symud ers rhai blynyddoedd i Bariloche. Doedd dim sôn am fynd i fyny i Ffos Halen heb fod gennym ein car ein hunain, a dim ond trwy garedigrwydd a haelioni Anabel y llwyddasom i ymweld â Bod Iwan. Ar ôl cerdded yr holl ffordd o orsaf fysiau Porth Madryn, hyd y traeth eang a'r gwynt yn chwipio, at ogofâu'r fintai gyntaf, dyma gael hefyd fod amgueddfa'r glaniad ar gau a neb hyd y lle i agor inni. Roedd hi'n *temporada baja* drwy'r byd, pob atyniad wedi cau. Pam, wedyn, roeddem ninnau ein dau wedi disgwyl i'r llefydd hyn aros ar agor dim ond ar ein cyfer ni, fel petai gennym ryw hawl i ymweld â hwy, wn i ddim.

Un peth a'n trawai ni'n dau'n od oedd fuaned y tywyllai hi yn y Gaiman pan ddeuai'r nos ar ein gwarthaf. Roeddem newydd ddod o Buenos Aires, a oedd fel pe bai wedi'i goleuo'n barhaus (o leiaf yn y strydoedd hirion, llydain, prysur, os nad ymhob cilfach). Wrth gwrs, roedd y ddinas honno rai cannoedd o filltiroedd yn nes at y cyhydedd, er nad wy'n ddigon o arbenigwr meteorolegol i allu dweud a oedd hynny'n ddigon i beri gwahaniaeth y gellid sylwi arno. Sut roedd ffenomen mor naturiol, sef y ffaith ei bod yn nosi ynghynt wrth i'r hydref gau, wedi ymddangos mor annisgwyl inni? Oherwydd ein bod, mae'n siŵr, newydd lanio yno yn ystod ein mis Mai ninnau, lle roedd popeth gartref ar ledu. Pan yw rhywun yn byw yn rhywle, ac yn trigo yno'n feunyddiol, ychydig a sylwa ar y dydd yn ymestyn neu'n byrhau oherwydd natur raddol y peth; ond o gael ein taflu i ganol yr hydref hwn a'i chael mwyaf sydyn yn tywyllu, nid am naw neu ddeg y nos, ond am bump y prynhawn, roedd yr effaith arnom gymaint yn ddyfnach. At hynny, roedd yr holl dref fel petai'n syrthio i drwmgwsg tuag un y prynhawn, ac nid oedd i'w gweld yn deffro tan tua'r pedwar i bump, a lle byddai pawb yn yr hydref yng Nghymru, er enghraifft, yn meddwl oddeutu'r chwech o'r gloch am ei throi hi am adref, cau'r llenni, rhoi sosbennaid o rywbeth ar y stof a swatio, yma roedd pobl yn dechrau ymdroi ac ymddangos, a mynd o siop i siop yn gwneud eu neges.

Doedd dim amdani ond cydymffurfio, wrth gwrs; rhannu potel o win dros ginio a gadael i honno'n gyrru i gysgu am awr neu ddwy, cyn deffro wedyn a hithau ar dywyllu, a meddwl am gychwyn allan. O'r herwydd, mae nifer o'm hatgofion i o'r Gaiman yn chwarae yn fy nghof fel petai mewn rhyw hanner gwyll, neu fel arall yn gras dan olau trydan melynwyn ac yn cyferbynnu â'r tywyllwch wedi'i fframio yn y ffenestri.

A hithau eisoes yn bur dywyll y tu allan wrth i'r gloch

ganu ac i ninnau gamu i mewn o'r stryd, ymwelodd L. a minnau â siop ddillad Lisabeta, neu Bet, ar y stryd fawr. Cael ein cymell i fentro yno a wnaethom, a hynny gan gyfaill inni a oedd yn dallt y dalltings, er mwyn cael clywed llond ceg o Gymraeg. Ond pwy yn ei iawn bwyll fyddai'n camu i mewn i siop ddinod, hen ffasiwn yr olwg, ar stryd fawr dywyll yng nghrombil De'r Amerig, er mwyn clywed llond ceg o'r hen Gymraeg? A beth oeddem ni i fod i'w ddweud?

Fel y bu, yr hyn a'n trawodd cyn dim arall wrth gamu i mewn oedd cynllun a gwedd y siop ei hun, gyda chownter mawr ac arno'n sownd bren mesur y gellid ei ddefnyddio i fesur a thorri defnydd, ac ar y waliau roedd silffoedd metel gwynion yn llawn bocseidiau a dilladach mewn bagiau plastig tryloyw blith draphlith. Bychan oedd y siop i gyd, ond llenwid y rhan fwyaf ohoni gan reseli metel ar olwynion, digon simsan yr olwg, yn drymlwythog gan ddillad. Ceid pentyrrau o hen gatalogau ar y carped llwyd y fan acw a'r merched ynddynt yn llawn colur a gwalltiau mawr, yn syth o'r wythdegau neu ddechrau'r nawdegau; ac ynghanol y cyfan yn ymbrysuro ac yn twtio rywfaint, roedd hen wreigan mewn *gilet* o gnu glas. Gryfed oedd effaith gyfun yr holl le hwn arnom, a'r modd yr oedd, rywsut, wedi'n cludo i ryw fan – rhyw hen siop yn niwl y cof a ninnau yn llaw'n mamau – yn syth o'n plentyndod, nes nad oedd cyfarch y wreigan hon yn Gymraeg, bellach, a dweud wrthi'n ymddiheurgar ein bod wedi meddwl galw heibio ers tro byd, yn ddim ond y peth mwyaf naturiol a greddfol posibl i'w wneud.

Safodd hithau'n stond pan welodd ni a phan glywodd ni, gan syllu arnom, a ninnau'n gallu'i gweld yn ceisio dirnad ai rhywun yr oedd hi'n ei adnabod oedd y ddau ifanc o'i blaen, ynteu rhywrai o 'draw'. Tybed a deimlai ei hun yn heneb o'n blaen? Ond roedd yn gynnes ei chroeso ac os teimlai felly nid amlygodd hynny yn ei hwyneb na'i llais. Holodd ni'n dwll am ein cartrefi, ein rhieni, ein gwaith, ein rhesymau dros ddod draw, gan ychwanegu bob hyn a hyn mor braf oedd cael sgwrsio yn yr heniaith, a hel clecs am bob adyn byw hyd y dref. Yr oedd yn awyddus, meddai, wedi deall ein bod yn ffrindiau i Siwan, ein ffrind oedd wedi dod draw yno i ddysgu, i ddod o hyd i ŵr iddi er mwyn ei chadw yma. Cwynai fod 'Bolifianos' ymhobman bellach, wedi dwyn llafur y ffermydd, yn bla hyd y dref ac yn gwrthod na pharchu treftadaeth Gymreig yr ardal na dysgu'r iaith. O'r tu allan gallem weld y deisyfiad hwn fel un abswrd: pam byddai'r sawl a deithiodd gannoedd o filltiroedd er mwyn cael arian prin, er mwyn bwydo'u lliaws plant, ac er mwyn adeiladu rhyw fath o fywyd, yn poeni'r un ffeuen am iaith farw o ben draw'r byd, a phawb yn medru'r Sbaeneg p'run bynnag? Yr oedd y 'Bolifianos', yn ôl Bet, yn hawlio – na, yn mynnu – llefrith gan y wladwriaeth i'w roi i'w plant, ac yna'n ei yfed eu hunain.

Buan y cawsom Bet oddi ar y trywydd hwn, ac i diriogaeth fwy diogel ei hatgofion. Roedd hi wedi'i magu ar un o ffermydd y Dyffryn, ond wedi symud i'r dref ar ôl priodi, i ddysgu yn gyntaf cyn ymgymryd â'r siop ddillad. Mor braf oedd hi, ategodd eto, i gael siarad Cymraeg â rhywun newydd. Roedd hi wedi colli'i gŵr rai blynyddoedd ynghynt: yn wir, holodd, a oeddem wedi clywed am y colledion niferus diweddar a oedd wedi dod i ran y gwladfawyr? Rhyfedd o beth, meddai, y ffordd yr oedd rhyw bump neu chwech o'i chyfoedion neu rai fymryn yn hŷn na hi wedi'u colli o fewn bwlch o ychydig wythnosau: to cyfan o wladfawyr wedi mynd. Yno y'm trawodd ac y cefais ragargoel o'r hyn a allai ddod i'n rhan ninnau ymhen rhai blynyddoedd hefyd: colli pump neu chwech yn golygu colli to cyfan. Roedd y peth yn syml o anochel.

Câi Bet fwynhad yn ddiweddar, serch hynny, o fenthyca llyfrau o'r llyfrgell symudol a byddai ei merch, yn ei helpu i ddewis. Un hanes yr oedd wedi dod ar ei draws yn ddiweddar oedd hanes Nel Fach y Bwcs, ac yn ddirybudd reit dechreuodd Bet adrodd y stori inni yn ei holl fanylion. Troais i edrych ar L., ac roedd yn amlwg ei bod hi'n dilyn y stori bob gair, ond roeddwn innau'n cael trafferth clywed, braidd, ac roedd Bet wedi symud mor ddisymwth o'r hanes am golli'i gŵr i'r hanes am y llyfrau ac o hynny wedyn at hanes Nel nes na chredaf imi ddeall tan yn ddiweddarach, ar ôl i L. egluro wrthyf, mai adrodd hanes o lyfr yr oedd Bet bellach. Gymaint yr oedd hi wedi sôn am yr hwn a'r hon a'r llall, gan neidio o'r naill stori i un arall a chan enwi nifer o drigolion y dref nad oeddent yn hysbys i mi, nes mai un stori arall i mi oedd stori Nel yng ngenau'r wraig hon. Fe'm dryswyd hefyd gan na allwn gredu, wrth glywed y digwyddiad ar ôl digwyddiad enbyd y bu raid i Nel a'i theulu eu hwynebu yn nyddiau cynnar y Wladfa, fod hwn yn hanes ffeithiol wir. Roedd y dioddef parhaus yn ormod – dim ond melodrama o ffantasi rhyw awdur sentimental allai ddyfeisio'r fath ddioddefaint.

Bellach yr oedd Bet yn ei hwyliau, ac wedi cyrraedd y bennod pan oedd tad Nel a'r bechgyn ar daith i ffwrdd o'u cartref ar fferm y Llain Las, a hithau Nel wedi cael ei siarsio i edrych ar ôl ei mam. Pe câi ei mam feichiog ei tharo'n wael, roedd Nel i farchogaeth ar unwaith i ymofyn am ryw Mrs Jones. Dyna a ddigwyddodd, a hynny a wnaeth, ond iddi golli ei cheffyl a mynd ar goll yn y tywyllwch wrth gerdded tua chartref Mrs Jones. Y fath ofn a ddaethai drosti. Nid tan i'r wawr dorri y llwyddodd i ddychwelyd i'r fferm, a'i mam yn cysgu'n drwm a'i thad yn wylo drosti. A Bet yno yn dweud wrthym, 'Ond, O! – roedd ei mam wedi marw!', a'r dagrau erbyn hynny yn llenwi ei llygaid. Sylweddolais nad adrodd stori yr oedd Bet wedi'r cwbl, ond gweld y cyfan yn digwydd o flaen ei llygaid, a'i draethu wrthym fel pe o'i phrofiad ei hun, a holl alar y colledion niferus a ddaeth i'w rhan dros yr wythnosau blaenorol yn canfod ei ffordd allan trwy gyfrwng yr hanesyn bychan hwn am un o ferched cynta'r paith, hithau hefyd yr eiliad honno unwaith eto'n ferch fach.

Ddiwedd y prynhawn blaenorol, roeddem wedi mynd am dro i fyny at y bryn hwnnw lle trigai'r fynwent. Oeddwn, roeddwn i wedi gweld Tegai ar y teledu ddegau o weithiau, wedi clywed ei llais a dysgu amdani, wedi synhwyro'i chanoneiddio a'i gwynfydoli ymysg rhai hyd yn oed. Ond buasai farw gwta bythefnos cyn inni gyrraedd, a ninnau'n gresynu ac yn pitïo – eto fel pe bai gennym ni ryw hawl i'w gweld a'i chyfarfod. Bellach dyma ni wedi dod ar ryw fath o bererindod i weld lle'r oedd Tegai wedi'i rhoi i orffwys. Ond doedd dim maen eto, gydag enw, dyddiadau, cwpled o goffâd, dim blodau chwaith, holl baraffernalia galar. Bu raid inni holi'r garddwr a'i gi chweiniog i gadarnhau mai dyma'r union fan. Y cyfan oedd yno oedd bwlch rhwng dau fedd, rhwng tad a brawd, yn wir, a dim ond bloc sment a thamaid o darp drosto a hwnnw'n fflapio'n y gwynt.

Tybiai'r ddau ohonom wedyn mai dyna pam roedd yr holl dref wedi bod yn dawel, fel pe bai'n gwrthod datgelu'i rhyfeddodau inni ac yn methu ag ildio'i hanes, oherwydd ei bod yn annatod glwm wrth Tegai ei hun, neu'n lle a oedd wedi'i gloi yn ei phen a'i chof ac felly'n anghyrraedd o dan y sment hwnnw. Nid wedi cau oherwydd diffyg ymwelwyr y tymor isel yr oedd y tai te oll: ar gau mewn galar roeddent, ac mewn anghofrwydd.

Ni chredaf erioed o'r blaen i'r un o'r ddau ohonom deimlo cymaint o alar ar ôl rhywun na fu inni gyfarfod â nhw yn ein bywyd. Roedd ei habsenoldeb lle bynnag yr elem i'w deimlo'n eang a llychlyd a gwag fel paith.

Erbyn inni ffarwelio â Bet a chamu allan o'r siop, roedd hi wedi tywyllu'n llwyr, ac roedd y stryd wedi dechrau tawelu. Sylwodd y ddau ohonom ar yr amser: roeddem wedi colli'r bws i Drelew a cholli'r cyfle felly i gyfarfod â Siwan i gael tamaid o swper. Gyflymed yr oedd hanner nos yn cyrraedd yma, a'r prynhawn wedi'i golli i gwsg a neb yn bwyta tan ar ôl deg yr hwyr. Doedd dim modd cysylltu â hi chwaith i roi gwybod, a ninnau ar drugaredd y signal di-wifr a Siop Bara wedi hen gau. Doedd dim amdani felly ond mynd i'r ciosg ar y gornel i brynu pecyn o Twistos a photelaid neu ddwy o Quilmes oer, a'i throi'n ôl am Blas y Coed i'w llarpio. Ta waeth, caem weld Siwan, Anabel, Nesta a lliaws o rai eraill y noson ganlynol. Caem hwyl yn eu cwmni, ac wedyn roedd y paith yn aros, y daith hir ar fws a'r brêcio sydyn dros batshys o eira yn nadu inni gysgu a ninnau'n methu gweld dim o'r ehangder, dim ond deffro i dywyllwch a niwl a'r holl awyr yn cau ar Esquel ac ar Drevelin, nes i'r cymylau ddianc rai dyddiau'n ddiweddarach, a Gorsedd y Cwmwl yn aros amdanom, yn eira i gyd.

Astraphobia
a brath cydwybod

JAMES JOYCE

Mae'n ymlwybro yng ngolau cynta'r bore trwy GALON Y METROPOLIS HIBERNAIDD ar hyd y stryd ddistaw y tu ôl i Gadeirlan San Padrig, i mewn drwy'r agen a'r bwa yn y wal garreg ac i fyny'r grisiau pren efo'u waliau coch. Mae o wedi codi'n gynnar – neu tybed a ydi o wedi bod yn ei wely o gwbl? Mae'n cyrraedd y llawr cyntaf ac yn cyflwyno'i slip bychan i'r ferch wrth y drws. Caiff ei arwain at hafn rhwng dwy silff fawr ac at ddesg bren dywyll lle mae'r llyfrau wedi'u cadwyno at y bwrdd. I gadw dim rhag cael ei gymryd ymaith.

Gan hynny, mor ddigyfnewid ydi llyfrgelloedd. Gallai o ddod yn ôl yma ymhen deng mlynedd, ugain, hanner cant, a fyddai braidd dim wedi newid, roedd yn saff o hynny. Efallai mai dyna oedd yr apêl: yma doedd amser ddim yn bod, neu o leiaf doedd o ddim i'w weld yn cael unrhyw effaith. Nid fel y cafodd ar ei fam, ei hwyneb gwely angau wedi'i anrheithio gan amser. Yma roedd hi'n wahanol. Pob llyfrgell yn ei hanfod yn cynnwys degau o filoedd o eiliadau penodol, wedi'u rhewi o fewn cloriau pob llyfr.

Mae'n bwrw iddi ac ar fin galw un o'r llyfrau hynny at ei ddesg. Ond hyd yn oed cyn i'r bore gael cyfle i ddechrau'n iawn, mae o'n meddwl am ddianc ac am Baris. Am gael dechrau newydd. Eisoes mi ŵyr y bydd hynny'n fethiant. Caiff ei alw'n ôl yma yn y pen draw gan deipo, NOTHER DYING. Na: *Mother*. Mother dying, wrth gwrs. Telegram: ei fam ar ei gwely angau. Digrif meddwl – mewn llyfrgell y bydd bryd hynny hefyd, y Bibliothèque Sainte-Geneviève; bron nad yw hyn heddiw felly yn rhagargoel o hynny, dwy lyfrgell yn galw ar ei gilydd trwy amser. Ac mi fydd y methiant hwn, y gorfod dychwelyd, yn fodel at yr hyn ddaw wedyn. Model ydi popeth: Dulyn ei hun yn rhagargoel chwim o Trieste a Zurich, ond y rheini oll hefyd yn gysgodion gwael o'u rhagflaenydd – un ddinas sydd, wedi'r cyfan. Yn y penodol y ceir y cyffredinol. Y merched, y nos, y Mollies a'r Sarahs: modelau oll at Nora, a hithau'n un edefyn di-dor drwy'i oes â Dulyn.

Ond y taranau. Y rhai sy'n ei nadu rhag mynd i'w wely, rhagargoel o beth ydi'r rheini? Duw yn dial arno am ei annuwioldeb, eisoes yn rhagweld ac yn rhaglunio ei wrthod plygu glin wrth wely angau ei fam. *Astraphobia*: ofn taranau – Duw yn dial. *Agenbyte of inwit*: brath cydwybod. Gwêl eisoes o'i flaen ril ffilm ei fywyd. Ffilm ydi'r dyfodol wedi'r cyfan; i'r diawl â'r llyfrau. Popeth i'r llygaid, yn wledd i'r llygaid, yn fflachio o'u blaenau nhw. A'i lygaid yntau'n araf bylu. Rhaid iddo wneud mymryn o bres rywsut.

PRIVATE SEÁN MAC CURTAIN, Royal Irish Regiment
Ydyn nhw'n gweld pa mor ynfyd ydyn nhw? A phwy fysa isio dechra gwrthryfel mewn ffatri fisgits, p'run bynnag. Jacob's. Cofio byta rheini yn blentyn. Tamad o hen gaws calad, a'r

rhein yn gneud y peth yn felys. Diawliad gwirion. Cymaint sy wedi newid ers hynny, mond mewn deg, pymthag mlynadd... cymaint sydd angen newid eto os ydan ni isio mynd 'nôl at unrhyw fath o normalrwydd, ca'l cysgu'n ein gwlâu drachefn...

Ydyn nhw ddim yn gweld? Yn gweld nad dim ond ni sy'n eu herbyn nhw, bod hyd yn oed meddylwyr, sgwenwyr, artistiaid, ein pobol fwya ni, yn meddwl eu bod nhw'n gwbl orffwyll yn gwneud hyn. Waeth iddyn nhw roi mewn ddim. Betia i eu bod nhw'n difaru bellach, yn ysu am ga'l dod allan, blas o awyr iach, tro rownd y parc 'ma... Mi fasan nhw'n rhidans cyn cyrradd y ffens. Neu ga'l croesi'r stryd a draw acw i'r llyfrgell, Llyfrgell Marsh.

Fatha nacw sy'n mynd i mewn rŵan. Un o'r cynta i mewn bob bora, golwg arno fo fel tasa fo heb gysgu drw'r nos... falla nad ydi o. Sbectol drwchus gynno fo a locsyn bwch gafr, gwisgo du bob gafa'l, fatha tasa fo'n meddwl bod o'n artist neu rwbath. Atgoffa fi o rywun oedd yn arfar... ond ma cymaint wedi newid mewn pymthag mlynadd. Ac eto does 'na ddim, bygyr ôl. Yr unig ffordd o ddianc rhag y cylch dieflig ydi drwy dywallt gwaed, eu gwaed nhw... rhoi stop ar y lol yma unwaith ac am byth. Yn hynny o leia rydw i a nhwtha'n gytûn. Gawn ni i gyd orffwys wedyn, wedi cyflawni'n dyletswydd.

'Na fo eto, ei wep o yn y ffenast. Bron nad wyt ti'n gallu clywad ogla'r hŵr arno fo ers neithiwr. Ffwc o olwg. Ond dyna fo, 'i sbectol o mor drwchus nes nad dio'n gallu'i weld ei hun yn y drych, beryg. Be ddiawl ma rhywun fel'na'n neud a'i ben mewn llyfra, medda chdi...

JOYCE
Ym mae marwaidd Llyfrgell Marsh yr eistedda, ac y geilw ei lyfrau ato wedi'r cwbl. Un ffordd o basio'r bore:

Daroganiadau pŵl Joachim Abbas. Ac yn pylu fwyfwy hefyd.
Ynteu ai ei lygaid o sy'n ymbellhau?

MAC CURTAIN
'Run sbit â'r boi, wedi meddwl. Be oedd ei enw fo eto…
Joyce? Jim Joyce. Ai fo ydi o 'ta? Lasa fod. Heb ei weld o ers
blynyddoedd. Smygio yn y cwpwrdd yn Clongowes. Ddim wedi
newid llawar felly, os ydi o'n mynd bob nos i lle dwi'n meddwl
mae o'n mynd… A be sy dros ei ben o yn dod i fama wedyn bob
dydd, i'r llyfrgell, tra ma hyn yn mynd mlaen dros y ffordd? Rhan
fwya o bobol gall yn cuddio yn tŷ. Synnu na fasan nhw wedi cau,
deud gwir. A be sy 'na mewn llyfrgell iddo fo y dyddia yma?

Ffordd oedd o'n taranu am annibyniaeth Iwerddon pan oedd
o'n rysgol, rhyfadd na fasa fo yna hefo nhw yn y ffatri fisgits, neu
o'i nabod o, yn gweiddi proclamasiwns ynghanol y dramatics yn
y Swyddfa Bost. Na, nid fo ydi o, ma raid. Llygid i'n chwara castia
arna i. Ac wrth gwrs, ma cymaint wedi newid mewn pymthag
mlynadd.

Ac eto, y fo dwi'n ei weld, er 'mod i'n gwbod nad fo ydi o, nad
fo allai o fod…

JOYCE
Anorfod foddolder y gweladwy: *ineluctable modality of the
visible*, neu'r syniad eich bod chi'n gallu meddwl trwy'r
llygaid: ond beth os pyla'r llygaid, ble bydd y meddwl wedyn?
Ac a fyddai o'n gallu gweld tywyllwch, teimlo â'i lygaid
ddüwch llaith ei… Nora… Mae o'n trio canolbwyntio ar y
testun o'i flaen. Tair oes, teiroes. Oes y tad, a'r mab, a'r – *the
iniquity of the fathers upon the sons*… Mae ei dad allan yno'n
rhywle rŵan, yn rhwydi'r ddinas, John Simon Stanislaus

Dedalus Joyce, ei nodau tenor cain ymhleth â goslef fwy ymbilgar 'Mi gei o'n ôl wythnos nesa – y pres – gaddo'. Ydyn nhw ddim yn gweld na fydd o'n eu talu'n ôl fyth?

MAC CURTAIN
Alla i'u clywad nhw allan yno rŵan, rwla yng nghoridora'r ffatri. Canu! Y diawliad sentimental. I be sy isio canu ar awr fel hon? A be sy'n gwneud iddyn nhw feddwl mai nhw pia'r caneuon be bynnag... Alla inna hefyd golli deigryn dros *Casadh an tSúgáin*, mond i mi ga'l dropyn neu ddau gynta. *Stóirín mo chroí*... anwylyd fy nghalon, yr unig eiria dwi'n eu dallt ohoni... eu hailadrodd nhw drosodd a throsodd...

JOYCE
Does arno ddim eisiau ailadrodd oes ei dad. Dyna'r peth ola mae arno eisiau'i wneud. Os ydi oes newydd yn hanes Iwerddon yn dal i olygu ailganu'r hen ganeuon melodramatig, neu gymryd diléit yn rwtsh Celto-niwlog Yeats ac AE, yna cadwed hi. Ac ar yr un gwynt yn ddigon hapus i yfed eu cwrw nhw, bwyta'u briwsion nhw. Darllen eu rhacs papurau newydd nhw. Mae arno eisiau dianc rhag y dynged anochel o droi'n gynyddol i mewn i'w dad ei hun – ond all o ddim gwneud hynny yma.

Draw ar gornel y ffenestr ac yng nghornel ei olwg caiff ei lygad-dynnu gan wyfyn bychan sydd a'i adenydd yn chwipio'n egnïol o ofer yn erbyn y gwydr, yn ceisio dianc tua'r golau. Anorfod foddolder y gweladwy... mor dryloyw. Fel eu gwladgarwch hawdd hwythau Sinn Feiners: onid ydi rhywun yn gallu gweld drwyddyn nhw mor hawdd? Rhy rwydd a rhy dryloyw, ac yn chwannog felly i chwalu'n deilchion, fel gwydr, dim ond ei daro â'r garreg leiaf... Fe wnâi Joyce yn saff na fyddai ei weithredoedd yntau mor dryloyw â hynny. Na'i waith chwaith: byddai'n lliwio'r cyfan â holl enfys bywyd a'i brofiadau. Allai bywyd, na bywyd y gwaith, ddim bod yn llawn nes ei fod yn ymgordeddu'n rhwydi annatod amryliw. Y fath syniad ynfyd, y byddai'n rhoi'r cyfan ar blât iddyn nhw. Byddai'n colli ei anfeidroldeb. O, na! – byddai ei waith o yn cadw'r beirniaid a'r ffyliaid yn brysur am ganrifoedd, fe wnâi'n siŵr o hynny. Dyna'r unig ffordd.

MAC CURTAIN

Blydi Cath'lics yn hel fama yng nghysgod y gadeirlan arall. Fysan nhw'm yn meiddio peryglu nhw'u hunain, yn na fasan? Dybad ydyn nhw'n cymuno i mewn fan'na yn y ffatri? Offeren fach bob bora... dim byd arall i'w neud ond aros, felly waeth iddyn nhw ddim. Wel, fydd dim angan gwin cyn bo hir os cawn nhw'u ffordd. Os ca inna. Ac mor hawdd ei falurio ydi'r corff.

JOYCE

Mor lluddedig ydi'r corff, dim ond ar ôl colli un noson o gwsg. Felly hefyd roedd angen i Iwerddon ymddihatru oddi wrth y corff mwyaf lluddedig ohonynt oll: corff yr Eglwys Gatholig. Ond mor annatod rwymedig oedd yr eglwys honno at Iwerddon! Beth sy'n digwydd pan fydd cenedl yn gorfod ymddihatru o'r union elfennau a'i gwnaeth: a yw'n peidio â bod yn genedl wedyn? Neu a yw'n cael ei haileni'n genedl wahanol? Pobol yr un modd... ped âi yntau dramor, ped âi i grombil Ewrop ac na welai'r ynys farw hon fyth eto... ai Gwyddel fyddai mwyach? Ie, oherwydd drwy ei sgrifennu, yn ei sgrifennu, byddai hyd wreiddyn pob gair yn Wyddel a byddai ei sgrifennu bob amser am Iwerddon, er bod y geiriau'n cael eu creu ymhell i ffwrdd ohoni.

'Venice, 1589' ar wynebddalen, a beth ar y ddaear oedd gan Yeats felly wrth fwydro am y llyfr hwn? Beth welodd o yma, ai'r drydedd oes lle byddai holl feidrolion byd yn dod i adnabod gwir ystyr y Gair? Doedd o ddim eisiau bod hyd y lle pan ddeuai'r oes honno. Ddôi honno â dim ond gwaed yn ei sgil. Maen nhw'n ei wneud o'n sâl, y rheina allan yna sy'n credu'n wirioneddol eu bod ar erchwyn hanes, eu bod ar fin newid y byd, am hebrwng oes newydd i mewn a bod eu gwaed nhw'n werth rhywbeth. Tydi o ddim: wnaiff y Brits ddim meddwl dwywaith cyn ei dywallt, mwy nag a wnaethon nhw â neb arall. Rhagweledigaethau pŵl.

Dim i'w wneud. Geiriau ei *amanuensis*, ei bron-â-bod-yn-fab-yng-nghyfraith Beckett, heb gael eu dychmygu eto. A oedd Joyce wedi rhagweld y rheini hefyd eisoes? *Nothing to be done*.

MAC CURTAIN

Dim byd i'w wneud. Dim ond aros. Aros iddyn nhw symud gynta. A be sgynnyn nhwtha i'w neud wedyn? Glywis i rywun, un o drigolion y fflat dros ffor', yn sôn. Wedi gweld drw'r ffenast, medda fo, bod gynnyn nhw datws yno – sacheidia o'r bygars. Tatws o bob dim! Wel ta waeth, ma'n debyg bod yna ddau blisman wedi'u dal yno'n wystlon ganddyn nhw. A neith y diawliad – nhwtha efo dim i'w neud drw dydd! – nawn nhw ddim plicio'r tatws eu huna'n, ond hel y plismyn i wneud drostyn nhw. A blawd – gormodedd o flawd, wedi'i sbwylio gan y *sprinklers* pan daniodd rhywun ei wn ar ddamwain. A dydi'r blawd ei hun yn dda i ddim iddyn nhw be bynnag, heb y gweithwyr i'w droi o'n fisgits. Eitha gwaith â'r ffycars.

Ma'n debyg hefyd bod 'na lyfrgell – blydi llyfrgell arall! – yng nghefna'r ffatri 'na, a'u bod nhw wedi torri mewn iddi ac estyn llyfra allan. A bod y bygars gwirion yn darllan drw dydd i basio'r amsar. Fydd llyfra'n werth dim iddyn nhw pan ddown nhw allan i wynebu rhein... Bwledi'n eu brathu nhw fel brathu tatws.

JOYCE

Agenbyte of inwit: brath cydwybod. Ond fyddai o'n dda i ddim mewn cwffas beth bynnag – fyddai o ddim yn gwybod lle i anelu, heb allu gweld digon i wahaniaethu rhwng y ddwy ochr. Ac ar ba ochr fyddai o p'run bynnag? Ac yntau'n ifanc, fu ganddo ddim amheuaeth: Iwerddon, boed iawn ai peidio. Pe deuai'n rhyfel, doedd o erioed wedi dychmygu – doedd ymddwyn fel arall erioed wedi croesi'i feddwl hyd yn oed – nad ar eu hochr nhw y byddai o. Bellach, doedd o ddim mor siŵr. Mae'n rhaid ei fod yn heneiddio, neu'n gweld yn well bellach. Sinn Feiners: thygs unllygeidiog i gyd. Ciwed o Cyclopsau.

MAC CURTAIN

Blydi Sinn Feiners. Thygs i gyd, yn meddwl eu bod nhw'n arwyr. A finna wedi gweld fy mrawd fy hun, fy ffrindia, yn griddfan ym mrwydr La Bassée dros y bastads ac yn crio am eu mama'. Os ca i afa'l ar un o'r ffycars yna yn y ffatri fisgits, mi glywith ei fam o, hyd yn oed os ydi hi'n byw yn Tipperary. Does 'na ddim dianc iddo *fo*, na hedfan. Mae o'n styc mewn pridd tramor.

Weithia ma 'na ryw *eejit* yn croesi'r parc, heb ddallt, heb ein gweld ni yma. Mor hawdd fysa hi i dynnu'r gliciad, pen yn ffrwydro, gwaed coch ar y gwellt gwyrdd. Dyna maen nhw isio yn de? Staenio'u gwyrdd nhw'n goch fel bod ganddyn nhw rwbath i gwyno amdano fo, rhwbath i hiraethu amdano yn eu caneuon lleddf diawl. Synnu nad ydyn nhw wedi hel ei gilydd i ladd eu huna'n *en masse* yn barod, jyst yn canu'r baledi sentimental 'na o hyd...

Syniad pwy oedd dod yma 'ta, os nad MacBride? MacDonagh? Lle gwirion i ddod, ynghanol yr holl fflatia. Os eith hi'n flêr yma, beryg y lladdan nhw fwy o bobol gyffredin nag y lladdan nhw ohonan ninna. Ond na, be maen nhw isio ydi aberthu eu huna'n – jyst dudwch wrtha i lle i anelu'r gwn. Achos chaiff o mo'r effaith maen nhw'n gobeithio amdano. Mi fydd bywyd dipyn symlach wedyn.

JOYCE

Joachim y meudwy. Dyna rywbeth fyddai'n gallu apelio ato. Y llonydd, y lle i sgrifennu, y bywyd syml. Ond wedyn y ddiod, y merched... na. Nid iddo yntau. *Agenbyte.* Beth felly? Y syniad yma gan Joachim y gellid rhagori ar bob oes, symud y tu hwnt iddi. Ydyn nhw ddim hefyd yn gweld hynny? Yr eir heibio iddyn nhwythau hefyd fel pe bai eu gweithredoedd yn ddim ond cwsg. Yntau hefyd: ddaw yna rywun rywbryd i'w basio yntau, i gyrraedd y tu hwnt iddo? Sut mae atal hynny, nadu ei eiriau marw rhag cael eu troi a'u trosi a'u merwino a'u lliniaru yng nghylla'r byw? Gŵyr beth sydd raid iddo'i wneud: achub y blaen arnyn nhw, llarpio'i eiriau ei hun cyn iddyn nhw gael eu treulio, cyn eu llyncu hyd yn oed. Ond mae'n carlamu o'i flaen ei hun yn chwim.

Byddai'n well ganddo fod o'r neilltu. Rhaid iddo ddod o hyd i le, ar wahân, o'r neilltu. Dianc efallai i'r coed, i'r goedwig lle trig gwallgofrwydd. Roedd Swift, rheithor y lle hwn, wedi'i deall hi: casäwr ei fath. Swift... *the quick and the dead...*

Y gwyfyn eto. Yn fflapio'n chwim. Beth i'w wneud? Agor y ffenestr a'i adael allan? Ynteu gadael i natur redeg ei chwrs? Y gwyfyn hwn: dewisodd ddod yma. Ond bellach mae'n difaru ac yn ysu am gael dianc, i'r fath raddau nes ei fod yn taro'i ben yn barhaus yn erbyn y gwydr. Pam na fedr fod yn ddewr ac wynebu'i ffawd, derbyn mai un o wyfynod y llyfrgell hon ydyw a derbyn popeth a ddaw yn sgil hynny?

Mae'n edrych drwy'r ffenestr at y nos sy'n crynhoi oddi allan. Beth petai'r gwyfyn yn llwyddo i ddianc? Beth welai o allan yno yn y nos ymhell uwch Dulyn? Meddylia Joyce am ei ddinas allan fanno yn llosgi o nwy, yn lampau a'u cylchau bach o olau, a sŵn gwadnau'n clecian draw oddi wrthynt. Fflach godre sgert yn y golau. Ei drywsus yn anghyfforddus, yn rhy dynn. Fe fyddai hi'n taranu, efallai, a fyddai'r gwyfyn druan ddim yn gallu gweld y sêr, y sêr fuasai wedi gadael iddo weld Iwerddon gyfan, teimlo'i wlad i gyd yn crynhoi ac yn aros yno y tu allan i'r ffenestr, ynghrog bron. Yn llygad ei feddwl, efallai, all y gwyfyn weld yr holl drefi bychain a'r pentrefi, a'r graig arw a'r gors, oll wedi'u goleuo â ffaglau a goleuadau bach? Ac mae 'na ryw dristwch a diymadferthedd i'r darlun fel pe bai pawb y mae o'n eu gweld mewn hualau, fel y llyfr ar y ddesg. Ar y gors ac yn y llaid mae'r hwch yn aros ac yn llwglyd. Mae'n ddarlun prydferth hefyd, prydferth o drist, a'r cyfan yn rhoi'r argraff hynod ei fod yn *aros*, yn aros am rywbeth.

Meddylia am yr holl eneidiau ar ddihun a'r rhai sydd ynghwsg; myfyria ar y chwim a'r meirw ac ar y rhai sy'n chwim ac yn chwimwth i farw, a chaiff ragargoel o'i gorff pwdr a phydredig ei hun. Dan orchudd pridd: a'i wlad felly hefyd, dan orchudd prudd, dan barlys, yn aros ynghrog. Mae meddwl felly yn hel ysgryd arno ac ni all feddwl felly mwyach, fedr o ddim byw felly mwyach: am y tro mae'n troi'i olygon oddi wrth y gwyfyn, y ffenestr. 'Nôl at y llyfrau, at olau pŵl lamp a channwyll, at y storfa eiriau sy'n crynhoi, yn aros: gall faddau hynny. On'd ydi o yma i'w ddarllen, i'w canfod, i'w godi o'u parlys?

MAC CURTAIN
Glywis i fod MacBride bron â laru, bod o wedi deud ar goedd ei fod o ar ben 'i dennyn. 'Tro nesa wnawn ni hyn, hogia, rhaid i ni beidio dod yma i grynu fel cwningen i dwll.' Llygad ei le hefyd, heblaw na fydd 'na dro nesa. Dim byd gwaeth na hyn. Teimlo wedi 'mharlysu rywsut. Yr aros hir drw'r dyddia llwyd. A'r nosa wedyn yn waeth byth. Dim gair o'r Swyddfa Bost, o'r Pedwar Llys, o'r unlle. Bron yn wthnos bellach. Bron nad ydw i'n dymuno clywed y gynna'n dechra tanio, brath eu bwledi nhw drw'r walia, drw'r bagia blawd, yn rhwygo dalenna tipyn llyfra'r ffatri 'na'n dipia fel rhwygo dail... yn torri drw gnawd...

JOYCE
Wrth gicio'n ôl a blaen o dan y ddesg, sylwa ar ddeilen felen sy'n dal yn wlyb a glaw'r bore wedi mynnu aros ynddi er ei bod bellach yn nos, ac sydd wedi glynu wrth waelod ei esgid. Mae hi'n hydrefu. Erbyn hyn mae yn y gawell ddarllen, y tu ôl i fariau. Mae o'n meddwl am y gawell a'r ffordd y gallai hon hefyd fod yn drosiad, yn ddelwedd o'i genedl: golau pŵl oddi mewn, yr un llyfr a'r gadwyn, a bariau haearn ogylch yn rhwystro'r darllenydd rhag cyrraedd yr hyn sydd fetrau'n unig y tu hwnt i gyrraedd. Yr holl wybodaeth, yr holl syniadau

allan yna yn y tywyllwch sy'n crynhoi ar hyd y silffoedd, ac yntau'n methu â'u cyrraedd. Ond buan y mae'n troi oddi wrth y ddelwedd hon: mae hi'n rhy amlwg ac yn rhy dyllog.

Yn fuan bydd yn ymarfer ei alltudiaeth, yn rhoi cynnig ar y cyfandir cyn hedfan yno'n barhaol. Bydd yn cymryd ambell gynnig cyn iddo allu nythu'n iawn. Ond pan fydd o'n dechrau arni, ymhen yrhawg, ar y llyfr a fydd yn bortread o'r fersiwn ifanc ohono'i hun, mi fydd yn gwybod yn iawn beth fydd o'n ei wneud, pan fydd yn dewis sôn am rwydi gwlad ac am ei ymgais i hedfan heibio iddynt. Am y tro, mae'n ceisio cadw'r llanw ar drai, ymhell ar y gorwel, llanw ei hunan sy'n llenwi ei feddwl ac yn ei rwystro rhag gallu canolbwyntio ar y llyfr ar y ddesg o'i flaen yn ei gawell ddarllen. Ac wrth i'r nos gau i mewn go iawn o'r diwedd, mae'n hanner dychmygu am eiliad y gall glywed sŵn taran yn rhywle, ac mae'n crynu yn ei sedd.

MAC CURTAIN
Sŵn saethu yn rhwla? Ydyn nhw wedi dechrau arni tua'r Swyddfa Bost? Gwell hynny, wedi'r cyfan, na'r parlys yma. Barod amdanyn nhw be bynnag. Wedi'u dal mewn rhwyd. Dim ffordd allan – sefyll yma, neu ildio, neu farw. Marw naill ffordd ne'r llall, ella.

JOYCE
Onid oedd y llyfrgell hon yn cynnig ffordd allan – yn cynnig mwy o ryddid i'r unigolyn nag y gallai unrhyw fath o *home rule* fyth ei gynnig? Wedi'r cyfan, dydi gwladgarwch yn ddim mwy nag ego chwyddedig… yma gallai ymgolli, gallai'n llythrennol golli ei hunan ynghanol y geiriau diamser. O

wneud hynny byddai'n fwy o wladgarwr na'r un ohonyn nhwythau. Nid dianc ydi alltudiaeth ond dod i lawnach ymwybod â hunaniaeth… yr unig ffordd o weld dy wlad yn gyfan gyflawn ydi o bell.

Y mae am grwydro. Bydd yn dod yn efengylwr yng ngair y crwydryn. Gwnaiff rinwedd o gabledd. *La ci darem*: moes im dy law. Erbyn y drydedd oes fe fydd yntau ymhell o'r fan hon.

Bellach mae'r gwyfyn wedi rhoi'r gorau iddi. A gwêl bellach mai gwaeth na dim ydi'r aros hwn. Y parlys. Does dim i'w wneud. Dim oll. Felly mae hi wedi bod ers gormod o amser. All cenedl wneud dim am ei thranc ei hun. Dim ond unigolyn, dim ond y bod unigol all ymarfer ei ewyllys ei hun a dianc o afael y rhwydi hynny. All cenedl gyfan ddim dianc o'r rhwyd. Ac felly rhaid gadael y llawer, y miloedd, yn eu parlys eang er mwyn i'r meddwl creadigol gael hedfan.

Beth fedrai newid fyth mewn deng, pymtheng mlynedd? Na, gwell mynd rŵan – ei thorri hi yn ei blas…

MAC CURTAIN
Ydi'r bastad yn dal i mewn yna? Mae'n oria bellach. Mi fasa chdi'n meddwl ei fod o dan warchae hefyd, fatha'r cocia mul acw yn y ffatri dros y ffordd.

JOYCE
Ac wedi'r holl grynu ac ofni brath cydwybod, barn Duw, drymiau byddarol y daran, bron nad ydi o bellach yn ysu iddyn nhw gyrraedd a glawio am ei ben o. Gwell hynny na'r aros hwn, y parlys.

Mae Joyce yn cau clawr y llyfr ac yn pinsio fflam y gannwyll â'i fys a'i fawd ac yn ymbleseru yn y boen. Wrth wneud, caiff ragargoel o'r boen bleserus sy'n ei aros yn strydoedd cefn y nos. Yna mae'n codi ac yn aildrefnu plygiadau ei drywsus, cyn camu o'i gawell a cherdded i lawr y coridor at yr ystafell lle mae dwy goes L y lle yn cwrdd. Wrth fynd cymer gip ar y llyfrau wedi'u rhwymo mewn lledr gwyn.

MAC CURTAIN
Na... dacw fo'i ben o fan'na yn ffenast, a'r ffwcin sbectols 'na. Mi ffwcin saetha i o. Dyna wna i. Wna i i'r peth edrach fel camgymeriad... amball fwled wedi mynd ar gyfeiliorn, pwy welith fai arna i am hynny? Digwydd o hyd yn rhyfal. Dydw i'm yn gweld yn iawn, siŵr. On'd ydyn nhw wedi deud wrthan ni y cawn ni saethu unrhyw beth sy'n symud, y bastad dall a dwl 'na, mi ladda i o, dydi o ddim 'di 'ngweld i ond dwi'n 'i weld o, dwi'n gwbod yn iawn be ydi o, 'i weld o am bwy ydi o –

JOYCE
Un arall o'r rhagweledigaethau pŵl: ymhen pedair blynedd ar ddeg mi fydd y daran yn atsain dros Ddulyn, yn rhwygo'r Swyddfa Bost a'r Pedwar Llys, yn felten drwy'r Castell, a chyn iddi dawelu bydd ei hatsain yn taflu oddi ar waliau Kilmainham hefyd. Ac o Barc San Padrig, un daran fechan fach, un milwr gorawyddus, ar fore Sul yr ildio, yn tanio tua ffatri Jacob's... ac yn rhwygo llinell o fwledi yn frath drwy femrwn gwyn. Y daran yn cyrraedd o'r diwedd i dorri fel cyllell drwy barlys tawelwch y llyfrgell, rhidyllu'n rhes drwy'r ffenestr a'r cloriau fel tyllau pry mewn pren.

Ond fydd dim siw na miw na sôn am Joyce hyd y lle

erbyn hynny. Fe fydd wedi hen ddod o hyd i'w adenydd, ac wedi hedfan heibio i'r rhwydi. Am y tro, mae'n cerdded i lawr y grisiau pren, trwy'r twll bwaog yn y wal, ac allan i'r tywyllwch sy'n crynhoi.

Gadawodd James Joyce a Nora Barnacle Iwerddon yn 1902, am y cyfandir. Byddai Joyce yn dychwelyd ambell dro, a byddai'n ysgrifennu am y ddinas gydol ei fywyd. Ond ar ôl 1912 ni fyddai'n gosod troed ar dir Iwerddon fyth eto.

'Ac ar fore Sul 30 Ebrill, 1916, trowyd gwn peiriant mewn diofalwch tua'r llyfrgell o Barc San Padrig, gan anafu... pum llyfr.'

Llythyrau Dolores Morgan o'r Dwyrain Pell

Dinas Kyoto, 1868

LlPT 13762: A30, A31, A32, A33, A34, A35

Llythyrau yn llaw Dolores Morgan, cenhades ar ran Undeb Bedyddwyr Cymru, at ei chyfeilles Leila Farr Bevan. Corff newydd oedd yr Undeb, a phenderfynodd anfon cenhadon i Japan yn fuan wedi i'r wlad newid ei pholisi hirhoedlog ac agor o'r porthladdoedd am y tro cyntaf i longau tramor. Mae'n debyg mai dyma eu hymgais genhadol gyntaf, a'u bod wedi dewis cenhadu i gyfeiriad tra gwahanol i'r Hen Gorff a oedd â'i olygon yn bennaf tuag Affrica. Nid yw'r atebion i'r llythyrau hyn (os cafwyd rhai) ar glawr hyd y gwyddys.

A30

20 Ebrill, 1868

I'm cyfeilles fynwesol, Leila Farr Bevan.

Cyfarchion a bendithion ichwi o bellafoedd eithaf y byd, pa rai yr ydwyf ar hyn o bryd yn preswylio ynddynt. Yr wyf yma yn Kyoto, er's rhai dyddiau. Fe'm croesawyd oddiar y llong, a minau'n dra lluddedig wedi mordaith o drimis, gan rai cyfeillion Cristnogawl a fu yma er's tro yn braenaru y tir, ac a lwyddasent rywsut i sicrhau imi le, nas cawsent hwythau

43

ar eu cyrhaeddiad yn y wlad, yn trigo yn mhalas yr ymherodr ei hun. Nis gwn hyd heddiw pa fodd y sicrhawyd hyny, na pha beth a wneuthum i haeddu'r fath fraint, onid yw gwaith diflino y lleill wedi dechreu talu, a bod yr Ysbryd Glan eisoes ar waith yn mhlith preswylwyr Japan. Y mae'n debig hefyd fod a wnelo hyny a'r newid barn diweddar parthed materion tramor, a deissyfiad yr ymherodr ar i drigolion y wlad ymagweddu yn fwy croesawgar tuag at estroniaid. Wedi cyfnod o ddadluddedu yn lletty'r cyfeillion, felly, fe'm croesawyd i balas yr ymherodr ei hun, ac i'm hystafell ysplenydd ym mha le y ceir parwydydd pren, ysgriniau papur ac arnynt addurniadau tra chywrain, a byrddau a gwely issel. Nid oes yma gadeiriau, a bydd yn rhaid imi gofio erchi rhai, canys nid wyf eto wedi dod i ymgynefino ag arfer y Japaniaid o eistedd ar y llawr, hyd yn nod yn mhlith y rhai uchaf eu tras. Da genhyf serch hyny ydyw'r arfer o ddiarchenu bob tro y byddir yn cael mynediad i fangre dan do.

Clywsoch, y mae yn debig, laweroedd am y wlad hynod hon yn ddiweddar, oblegid bod y sawl sydd yn preswylio ynddi wedi tori allan mewn gwrthryfel yn erbyn y llywodraeth. Yr oeddwn inau wedi clywed achlust o'r cythrwfl hwn yn ystod y fordaith, ac felly gyda chryn fraw ac ofnadwyaeth y deuthum i lan rai dyddiau yn ol. Mawr serch hyny fu'm diolch i'r Hollalluog am weled yn dda fy anfon yma ar amser mor dynghedfenol, ac erchais yn daer arno fy ysbrydoli a'm galluogi i wneud y mwyaf o'r amgylchiad gwleidyddol bregus y mae y Shogun ynddo ar hyn o bryd, er gwaredu'r wlad unwaith ac am byth o'i chredoau anwar, pa rai a adwaenir, yn ol eu hamrywiaeth, Shinto a Bwddhïaeth.

Mi a ddeellais yn bur fuan wedi cyraedd fod rhai o bendefigion yr ymherodraeth, pa rai a elwir Satsuma, Choisu, a Tosa, yn ystod y misoedd diweddaf wedi dwyn gwrthryfel yn erbyn y Shogun, sef prif gadlywydd, rhaglaw, a phrif weinidog y wlad, oblegid eu dymuniad i gael gweld gwir rym yn dychwelyd i ddwylaw y Mikado, yr ymherodr. Hyd yn ddiweddar, tybiais fod yr awdurdod benadurol yn Japan wedi ei rhanu rhwng dau berson gwahaniaethol – un yn ysprydol, a'r llall yn wladwriaethol. Ond nid yw y gwahaniaeth a wneir rhwng y gallu ysprydol a'r gallu gwladwriaethol ond ffiloreg noeth. Yr unig wahaniaeth yw mai y Mikado yw prif ffynhonell grym, ond y Shogun sydd wedi ymarfer y grym hwnw er's degawdau. Serch hyny, geill y Mikado, os y dewisa, amddifadu'r Shogun o'i swydd. Fel hyn, mewn effaith, yr oedd y Shogun yn llywodraethu, ond y Mikado, neu'r ymherodr, oedd y gwir benadur cyfansoddiadol.

Ymddengys yn awr y bydd yr ymherodr, pa un yr wyf inau ar ei drugaredd yma yn ninas hynafol Kyoto, maes o law yn adfer y grym y dihysbyddwyd ef ohono, i bob pwrpas, rai canrifoedd yn ol. Y mae nifer o balasau'r Shogun eisoes wedi eu llosgi yn y misoedd diweddaf, a dywedir wrthyf mai mater o amser yn unig ydyw nes y bydd yn orfodol iddo ynteu blygu glin drachefn i'r ymherodr, a rhoi i fyny ei reolaeth dros y wlad. Ar hyn o bryd y mae gwir nerth y wlad – neu gasgliad o ynysoedd yn wir, dros chwe mil o honnynt – yn eistedd er's rhai degawdau, mewn gwirionedd, yn Edo, dinas enfawr i'r dwyrein oddi yma a wna hyd yn nod i Lundain ymddangos megis rhyw gaer ddistadl ar gyrion ymherodraeth yn hytrach na *capita mundi*. Bychan fu dylanwad a grym yr ymherodr dros y degawdau diweddaf, ac nis rhoddwyd iddo'r un parch ac edmygedd ag a gaiff ein hanwyl frenhines ninau.

Ond y mae hyny ar newid. Bu amser – a hyny heb fod yn mhell iawn yn ol ychwaith – pan yr oedd yn berygl dywedyd i ddyn o genedyl arall roddi ei draed ar dir Japan, nag hyd yn nod i'w long ddyfod i'w phorthladdoedd. Y mae yn rhaid fod y Mikado yn ddiweddar wedi newid ei farn ar y mater hwn, ac wedi dyfod i deimlo yn fwy cyfeillgar tuag at estroniaid hyd yn nod fel y daeth i gashau y Shogun. Rwyf inau yn preswylio gyda'r ymherodr yn Kyoto, a'm amcan a'm bwriad inau, felly, a Christ yn ewyllus ac yn llyw, ydyw cymmeryd mantais o'm safle breintiedig er sicrhau mai'r wir grefydd, Cristionogaeth, a fydd flaenaf pan gymmer yr ymherodr ei enedigaeth fraint yn ei hol.

Maddeuwch imi, fy nghyfeilles, am hynyna o ragdraeth cyd-destunol, yr hyn oedd yn rhaid arnaf er mwyn ichwi allu dyallt fy sefyllfa. Yn wir, cefais gryn fwynhad o osod y cyfan ar glawr fel yna, oblegid ei fod wedi eglurhau y cyfan yn fy meddwl inau yn o gysdal. Digon hyny hefyd i gyfleu ichwi faintioli y dasg enbyd ysydd o'm blaen, gan fod y wlad yn llawn braw, arswyd, a barbareiddiwch ar bob tu. Y mae paganniaid gwaetgar yn llechu ymmhobman ac oni bai am ewyllus Crist ni fynasswn dario yma un eiliad yn hwy, ond yn hytrach gael dyfod adref atoch chwi. Er cyfleu ichwi odrwydd trigolion y wlad a'r modd y mae bywyd beunyddiol yma yn flinderus wahanol, bodlonaf ar un engreifft. Cyfeiriaw yr wyf at y te a yfir yn ddibendraw gan y Japaniaid. Os y meddylir am y Brythoniaid ein bod yn genedyl o de-yfwyr, dylid dod yma i Japan i weld ym mha fodd y maent hwythau yn rhoi lle urddasol a chanolog mewn gwaith a defod i'r ddiod hon, namyn yr yfir ganddynt hwythau ryw de gwyrdd, llysnafeddog, nad ydyw yn ddymunol o gwbl i'm tyb inau.

Yn ystod fy nyddiau cyntaf yn y palas, a minau o hyd yn dra lluddedig, cynigiwyd imi gan aelod o osgordd yr ymherodr, Chihiro, fy nhywys o amgylch rhai o fangreoedd y ddinas ganddi. Er nad oeddwn yn ewyllysgar fy yspryd, ac mai'r cyfan y dymunwn ei wneuthur ydoedd cloi fy hunan oddi mewn i furiau'r palasty, cydsyniais inau. Mynegais yn yr hyn o Japaneg ag y llwyddais i'w ddysgu cyn dyfod yma, yr hoffwn inau ymweld a theml, er mwyn dysgu ychwaneg am y crefyddau rhyfedd ac ofnadwy a ymarferir yma. Crybwyllais yr unig deml y gallwn ei chofio, wedi darllen amdani yn yr un llyfr y bu'n ddichonadwy imi ei ganfod am y wlad ag sydd ger fy mron yr awron, nid amgen *A Brief and Concise Introduction to the Customs, Habits and Practices of the Japanese People, Being Also a Useful and Moral Guide to their Temples and Places of Worship*, gan Albert F. Thrapp. Cofiais imi ddarllen yn y llyfr hwnw am deml ysplenydd, wedi ei gwneud o aur coeth, ac a ddisgleiriai yn ei safle ar ynys ynghanol llyn ar gyrion y ddinas. Mynegais fy nymuniad felly am gael myned i weled y Ginkaku-ji.

Wedi cryn gerdded a chrwydro a dringo, daethom ymhen yrhawg i olwg teml ar ael bryn, a chanddi ardd ysplenydd o raian wedi'i gribinio i ymddangos megis môr tonnog. Effaith hyn oedd tawelu meddwl ac yspryd yr ymwelydd. Pan edrychasom hwnt i'r môr graianog hwn, fodd bynnag, fe'm siomwyd o weld y deml ei hun yn edrych mor llwydaidd â'r graian hwnw o ddeutu'm dwydroed. Rhwng llawer o

Saesneg toredig, Japaneg toredicach fyth, ac ambell air o Gymraeg ynghyda chryn chwifio dwylaw, llwyddais i gael ar ddeall gan fy nghyfeilles mai am y Kinkaku-ji, yn hytrach na'r Ginkaku-ji, y dylaswn fod yn ymofyn, a newidiodd y braw a'r siom ar ei hwyneb yn sirioldeb a chwerthin. Er cymaint fy siomedigaeth, yr oedd yn rhaid hefyd i minau chwerthin, gan sylweddoli mai hwn ydoedd y tro cyntaf imi wenu'n iawn oddiar imi osod fy nhroed yn y wlad. Ni ddichon rhoi coel am eiliad ar ynfydrwydd a barbareiddiwch crefydd Shinto na'r rhai a ymlynant wrth y ddyscedicaeth a elwir 'Zen'; ond nid hwyrach na phrofaswn inau yno rywfaint o'r tawelwch meddwl ac yspryd a ddaw o dreulio orig ger y môr graianog hwnw. Yr wyf hyd heddiw, serch hyny, yn ymaros i gael ymweld â'r deml Aur hono.

Leila, fy enaid a'm cydymaith, yr wyf wedi traethu yn llawer rhy anghryno, ac yma felly y terfynaf. Y mae llawer mwy eto i'w gyfleu ichwi, ond rhaid iddo aros dro. Y cyfan sydd i'w wneud bellach yw mynegi fy hiraeth dwysaf amdanoch ac am Gymru fach, a hyderu y caf ryw ddydd ddychwelyd i'w choflaid drachefn. Dyna felly roi terfyn am y tro ar y meddyliau a ddaeth imi, yrhon ysydd,

Yr eiddoch, bob amser,

Dolores.

A31

1 Mai, 1868

F'anwylaf Leila,

Amgauaf yma a ganlyn, sydd sylwedd anerchiad a gyfeiriwyd yn ddiweddar gan offeiriad Japanaidd o radd uchel at y llywodraeth:—

Y mae crefydd warthus yr Iesu, Meistr y nefoedd, yn drychineb ag sydd yn peryglu yr ymherodraeth. Y mae penweiniaid i'w cael a dueddant at yr athrawiaethau hyny, y rhai sydd i'w cael yn dra lliosog yn mhlith y boblogaeth. Yn chwanegol at hyn, y mae dynion o wledydd tramor yn ymegnïo i ledaenu yr athrawiaethau hyn. Yr ydym yn cael ein blino yn fawr o herwydd hyn, ac yn dymuno ar fod i wrthdystiadau parhaus gael eu cyhoeddi yn erbyn yr athrawiaethau. Yr ydym yn ostyngedig, y rhai, ynglŷn â Bwddhïaeth, sydd wedi gwneud Japan yn allu, yn barod i fyw ac i farw gyda'r ymherodraeth.

Dyma'r math o lygredigaeth, gyfeilles hoff, y mae y wlad y trigiannaf ynddi yn ymdrybaeddu ynddo yn bresenol, ac yr wyf inau yn fwy parod nag erioed o'r blaen i'w waredu o'r tir. Y mae'n rhaid imi ymddiheuro am anfon gair atoch drachefn cyn fuaned. Ond fel y sylwasoch, heb os, ar ddiwedd fy nghenadwri ddiweddaf, y mae genhyf lawer eto i'w gyfleu ichwi. Rhowch wybod, da chi, pan fydd y llythr cyntaf hwnw wedi cyraedd pen ei daith, a'r ail hwn i'w ganlyn. Y mae y cyfeiriad yn amgaeedig ar frig y genadwri, ac yr wyf yn ffyddiog y cyraedd yr unrhyw air oddi wrthych ben ei daith yn ddiogel.

Yssaf am gael sôn wrthych am fy mhrofiadau yn y wlad ryfeddawl hon. Teimlaf yn wirioneddawl fy mod ar ben arall y byd. Yr wyf yn dal! – am y tro cyntaf yn fy mywyd. Y mae pawb yn ymgrymu i'w gilydd yma ac yn enwedig i minau, y fath berson ag y sydd yn gwbl ddieithr i breswylwyr y wlad. Ac er ei bod, da y gwn, yn adeg Gla'mai gartref – o, fel y mae treigl y tymhorau a defodau arferol fy oes yn fwy eglur, yn fwy poenus, ac yn fwy anghyraedd yma o'r herwydd, Lili! – mathau cwbl wahanol o ddefod ac o ddathliad a geir yma: yn benaf, y seremonïau te. Aeth Chihiro a mi i un o'r cyfryw ddefodau, ac yno ar fyng nghwrcwd, a'r cwppan yn fy neheulaw wrth i mi ei gylchdroi i'r aswy, y cefais inau fy mlas cyntaf o'r trwyth od ond rhyfedd o flasus hwn.

Euthum rai dyddiau yn ol i ymweld a'r Kiyomizu-dera, teml fawreddog ar ben bryn ar gyrrion y ddinas. Y mae yma *aura*, ac arogl pensyfrdanol ac unigryw, tra gwahanol i'r hyn yr wyf yn gynefin ag ef gartref yng Ngwlâd y Gan. Ymddengys i'm ffroenau i yn gymysgedd o ddail te, arogldarth, dwr, a'r pren y gwnaethpwyd anheddau'r Japaniaid ohonnynt, oll fel pe'n pydru'n araf. Yn wir, y mae y ddwy elfen olaf hyn yn dra blaenllaw yn y Kiyomizu-dera. Y mae yn wneuthurwaith o gryn feintioli sydd fel pe'n clwydo ar ymyl y bryn, ac oddi tanno ceir fframwaith o ysgaffallt neu esgynlawr a gynnail y cyfan. Dywedwyd wrthyf na ddefnyddir yr un hoelen yn yr adeiladwaith cyfan. Cymerth y deml ei henw oddiwrth y rhaiadr a lifa'n wallgofus i'r ceunant islaw:– ystyr Kiyomizu ydyw eglurddwr, neu burddwr. Islaw'r brif neuadd y ceir y rhaiadr hwn, ple ymdywallt y dwr yn sianeli i lyn bychan, ac ym mha le y gellir dal y dwr a'i yfed. Y mae i minau, yn fedyddreg fel y gwyddoch, gryn apel a chysur yn hyn, y mae yn rheidrwydd arnaf addef, a bellach dechreu synio yr ydwyf pa faint yn union o wahaniaeth sydd rhwng crefyddau'r byd. Y mae paganwaith y Japaniaid fel pe bai yn arddel neu yn efelychu rhai o ddefodau Crist ei hunan, a pha un a yw hyny'n beth i arswydo ato ai peidio, nis gwn. Hyn a wn: yr oeddwn dan gyfaredd y dwr ar ben y bryn hwnw.

I'm tyb i ac i bob golwg y mae Shinto, crefydd gynhennyd y wlad, a Bwddhïaeth, pa un ysydd yn grefydd estron i bob pwrpas, yn cydorwedd ac yn cydymdynu yn rhyfeddol o heddychlawn yma, yn fwy cynganeddawl bid sicr na'n Anghydffurfiaeth a'n Hanglicaniaeth ni, heb sôn am elyniaeth cydrhwng enwadau, neu ein drwgdybiaeth o Babyddion. Ond wedyn y mae y rhwygiadau hyn yn seiliedig ar ystyriaethau diwinyddol dwys nas gallant godi ond o ddyfnder yspryd a meddwl.

Dychwelodd Chihiro a minau i lawr y bryn ar hyd ffordd arall, gan ddisgyn trwy strydoedd distaw lle yr oedd bywyd fel pe bai yn digwydd mewn penodau neu episodau bychain, hunangynhwysiol, y tu cefn i ddrysau papur a oedd cyn deneued ag aden gwyfyn. Yn sydyn, cefais fraw, gan y tybiais inau am enyd fer, Leila, imi weld eich gwedd yn syllu arnaf o'r tu cefn i'r drysau hyn. Ond yr oedd eich portread wedi diflanu cyn gyflymed ag y daethai. O weld fy mraw, ac o glywed yr hyn y tybiais ei weld, dywedodd Chihiro wrthyf fod gweled gwyfyn, i'r Japaniaid, yn gyfystyr a gweled enaid eich câr, sydd ar farw neu ym mhurdan. Ai eich wynepryd chi a weleis i yno, fy Leila? Neu ai gwyfyn yn wir a fu'n ysgwyd ei adenydd dro, ac yn taflu drychiolaethau rhwng canwyll a drws papur?

O rai tai deuai'r arogldarth yn gryfach na'i gilydd; dro

arall, clywem ymsibrydiadau myfyriol distaw neu chwerthin plentyn. Yna daethom i lawr i ardal arall o'r enw Gion. Ni cheid yma y lampau stryd arferol, ond yn hytrach lanterni papur ar bob tu, yn galw fel canwyll gorph. Am ryw reswm yr oedd yn dawelach yma hefyd, heb glindarddach y certiau na sŵn chwareu plant ychwaith. Eglurodd Chihiro wrthyf mai dyma ardal y *machiya* a'r *ochaya* – y tai te lle gweithiai'r *geisha* eu crefft gyfrin a hynafol. Yr oedd byd cwbl ddirgel imi heibio i bob drws papur, a'r unig argoel a gawn inau o honynt ydoedd y rhesi esgidiau wedi eu gosod yn ddestlus wrth bob mynedfa. Cawsom un gipolwg, cyn gadael, ar *geiko* yn ymbrysuro ar draws y dramwyfa o un apwyntment at y nesaf. Clywswn ddigon am y merched hyn dros yr wythnosau diweddaf, a disgwyliaswn ffieiddio atynt o'u gweld. Ond yr oedd rhyw beth cyfareddawl yn nghylch y ferch hon, a gerddai fel pe bai'n arnofio, ac a ymwisgai y fath olwg o dangnefedd ar ei gwedd wen. Yna diflanodd heibio i ddrws papur, bron fel gwyfyn drachefn, ac nid oedd dim ar ol ohoni ond ei hesgidiau rhyfedd ac uchel ar hiniog y drws.

Y mae yn hwyr glas genhyf glywed oddiwrthych, f'anwylaf Leila. Anfonwch air ataf dan ofal yr ymherodr ei hun, os mynwch:– y mae eich llythr yn saff o gyraedd pen ei daith. Byddai clywed genych, neu gan unrhyw un o'm ceraint a'm cydnabod hoff yng Nghymru fach, yn sicr o loni'm calon, yr hon y sydd fel erioed

Yr eiddoch yn hiraethlon,

Dolores

A32

15 Mai, 1868

Gyfeilles hoff,

Er nad da genhyf eich mudandod parhaus, daliaf ati a'm gohebiaeth yn y gobaith y cyraedd hyn o lythr atoch fel gwarant o'm diogelwch ac o'm bodlondeb, os nad o'm hapusrwydd, yma yn Japan. Yr wyf yn gobeithio ac yn gweddio eich bod oll hefyd yn ddiogel yn mhell dros y don, a'ch bod yn derbyn hyn o genadwri o'm llaw. Ni chlywais ychwaith oddiwrth Undeb y Bedyddwyr – pa rai a'm hanfonodd, megis colomen Noa, ar draws y dyfroedd. Byddwn yn dra diolchgar pe gallech chwithau gyfleu iddynt fy niogelwch a'm gwaith parhaus yma.

Yr wyf yn trigiannu yn y Nijo-jo, math ar gastell ym mha le y mae'r palas ymherodrol, Palas Ninomaru. Fyth er i'r ymherodr gyhoeddi ei reolaeth dros y wlad yn mis Ionor eleni, bu cynlluniau ar droed i symud y palas a'r osgordd i Edo, ac ailfedyddio y cyfryw ddinas yn 'Tokyo'. Ond bu'r cweryla yn mhlith y pendefigion yn ddigon i ohirio y symudiadau am y tro. Ceir ffrygydau a brwydrau ledled y wlad, ac anaml y bydd yr ymherodr ifanc yma yn y palas, yrhyn ysydd hefyd yn rhwystredig oherwydd na chaf achlysur i bwyso arno i roi ystyrriaeth i Grist Iesu ac i'w iawn grefydd. Ond y mae y palas hwn, yn ei ffordd ei hun, hefyd yn fyd ac yn fydyssawd, oblegid yr haenau mewnol a geir ynddo. Dim ond yr ymherodr ei hun, a'r rhai nesaf ato – ei ddarpar ymherodres, ynghyd a'i ordderchiadon neu ei gywelyesau – a gaiff fynediad i'r cyssegr mewnolaf. Y mae gweddill y llys wedi'i drefnu yn ol gradd a phwysigrwydd wedyn ogylch y cyfryw seintwar. Llym yw'r rheolaeth o'r haenau hyn, ac er mor ddiolchgar ydwyf am letygarwch yr ymherodr, yr wyf eto yn bur agos at y cylch allanol. Y mae Chihiro, fodd bynag, yn rhinwedd ei bonedd a'i safle yn yr osgordd, yn presswylio nesaf at y cyssegr mewnolaf hwn. Hawdd yw deall y trylwyredd, oblegid y mae y Mikado, yr ymherodr, yn wastadol o dan fygythiad ymosodiad neu gais ar ei einioes. Ond nis gellid dychmygu gwell safle amddiffynfaol na hwn, oblegid adeiladwaith y castell ei hun. Cynlluniwyd y troedfyrddau pren o amgylch yr ystafelloedd gyda'r fath gyfrwystra a dyfeisgarwch nes y gwichiant fel adar pan fyddir yn cerdded arnynt: fe'u gelwir yn lloriau *uguisubari*, neu loriau eos. Digon trapherthus ydyw y profiad o'u tramwyo yn ystod y dydd: ond yn y nos, y mae rhyw gysur o glywed y llys yn mynd ac yn dod, ac o wybod y gellid clywed unrhyw ystelciwr yn dynesu, pes mentrai.

Yn wir, y mae sefyllfa y rhyfel cartrefol cynnddrwg hyd oni theimlaf gryn rwystredigaeth am nad wyf yn rhydd i rodio ac i grwydro yn ol yr hyn a ddymunwn. Y mae Chihiro a minau wedi dyfod bellach yn gryn gyfeillesau, ond ni chaf fentro i'r unman oddiallan i'r palas oni bwyf yn ei chwmniaeth. Serch hyny, aiff bywyd rhagddo yn yr hen ddinas adfeiliedig, ac yr ydym yn bur gyfforddus er clywed yn feunyddiol newydd o'r hwnt ac yma am golledion a buddugoliaethau. Y mae un math o fuchedd yn benodol sydd yn boblogaidd yn mhlith y dosparth pendefigaidd er's rhai canrifoedd, ac sydd eto yn mynd rhagddo, fel pe na bai rhyfel o gwbl. Am hyny, ymollyngais inau i'r bywyd hwn – efallai yn wir y byddai fy nghyfoedion gartref, a chwithau yn eu plith, Leila, yn dueddol o ddywedyd 'yn ormodawl felly'. Ond nid ydych chwithau yn dystion fel yr wyf finau i gyfeiliant cyson y dinistr pell-agos hwnw.

Yr wyf wedi llwyr ymserchu yn y dull hwn o fyw: yr hyn a elwir yn gyson *ukiyo* neu 浮世, ac sydd o'i gyfieithu yn cyfleu rhywbeth tebig i 'Fyd Arnofiawl'. Y mae buchedd yr *ukiyo* neu'r Byd Arnofiawl yn un llesmeiriol ac ehud. Dyry'r pwys bob amser ac uwchlaw popeth arall ar ymblesera ym mhethau goreu'r byd hwn, ac ym mhethau'r cnawd. A wyddech chi, er engreifft, y neilltuir tymor penodedig yma yn syml er mwyn crwydro rhwng coed ceirios a gwerthfawrogi eu blaguriad? Tymor arall wedyn i ymserchu yn mhrydferthwch eu marw. Chwi wyddoch y ceir yma yn achlysurol ddaiar-gryniadau sydd yn chwanog, o bryd i'w gilydd, i ysgwyd seiliau byw y boblogaeth gyfan, yn y parthau hyn. Rhyw dybied yr wyf inau mai o ymwybyddiaeth o'r modd y gallai holl fyd y trigolion ddod i lawr yn dipiau man o'u hamgylch unrhyw eiliad y deillia'r modd ymblesergar a chorfforol hwn o fyw.

Yn y byd hwn y mae ymblesera yn deyrn, ac i ganlyn y teyrn hwnw yr wyf inau wedi bod yn ymlwybro o'r theatr *kabuki* i'r ymrysonfa *sumo*. Cefais brofi, hyd yn nod, un o ddawnsfeydd y *geiko* yn Gion, ac fe'm llesmeiriwyd. Un arall o'r ffyrdd y mae'r Byd Arnofiawl hwn yn ymbresenoli yn fy mywyd beunyddiol yw'r *onnayu*. Yn y baddon hwn y trinnir merched megis man-freninesau ac yr ymgreinir ac yr ymgrymir iddynt gan ddynion, yr hyn na ddigwyddai fyth gartref yng Nghymru fechan. Yno y mae y cnawd a'i noethni yn beth cwbl naturiol, yn gynhesrwydd i'w ranu cydrhyngom, wrth gydfaddoni a chydanwesu crwyn ein gilydd. Yno yn yr *onnayu*, Leila fy mynwes, y profais ias a dirgryniad, nid cwbl anhebig i'r daiar-gryniadau hyny, o'r math nas teimlais er ein dyddiau ieuainc ni, pan — ond yr wyf, er fy nghywilidd, yn mentro. A welwch chi'r modd y mae'r wlad hon wedi gafael ynof a'm gwneud yn eofn? Bron nad wyf bellach yn gobeithio y bydd tynged y llythr hwn yr unpeth â'i gyfoedion, ac na chyraedd fyth mo ben ei daith — eich dwylaw chwi a'ch trem. Ac eto — eich dwylaw, yn gynnes, eich trem yn — A gofiwch, Leila anwyl?

Gwn na all fy ngeiriau gwantan, ffaeledig ag yr ydwyf, fyth gyfleu ichwi ronyn o'r lliw, a'r cyffro a'r deffroad i gorff ac enaid, a rydd y dull arbennig hwn o fyw. I mi y mae rhyw ogoniant hynafol yn perthyn i Kyoto, gogoniant adfeiliedig, maluriedig nas gellir ei gael yn Edo (neu Tokyo), nac yn unman ond mewn dinas a fu un waith yn ganol bydyssawd ond sydd er's tro byd wedi ymbellhau tua'i gyrion. Yr wyf dan gyfaredd y ddinas hon, a rhy fuan, ofnaf, fydd fy ymadawiad inau bellach pan ddaw.

Rhaid imi dewi, a ffarwelio.

Yr eiddoch yn hiraethus,

Dolores.

A33

4 Mehefin, 1868

F'anwylaf Leila,

Nid wyf i eto yn barod nac yn ewyllysgar i roi i fynny y gobaith y cyraedd un o'r llythyron hyn eich dwylaw eto, nac ychwaith i roi y goreu i gredu bod ein cyfeillgarwch ni eto yn alluog i ehedeg uwch tir a môr a throsgynnu cefnforoedd, fel y gwna o bryd i'w gilydd yn fy mreuddwydion. Am hyny yr ysgrifenaf drachefn atoch:– ac eto tybiaf y gwnaf hyny yn gymaint i mi fy hun ag i neb arall bellach, er cofnodi y profiadau hyn sydd yn dod i'm rhan, rhag i minau, wrth daro cip yn ol ar y talm o'm bywyd a dreuliais yma, beidio a chredu yr hyn a welais, a glywais, ac a deimlais.

Daeth cyfle o'r diwedd i grwydro yn mhellach oherwydd bod heddwch cymharol ar dro, a'r Ymherodr wedi enill y dydd fwy na heb. Y si yw fod yr holl osgordd ymherodrol yn ymbaratoi i symud i Edo. Mynegais i Chihiro fy neisyfiad, cyn ymado ohonom am Tokyo, gael myned i ddinas Nara, un o ddinasoedd sancteiddiolaf y Japaniaid, ac felly trefnwyd i barti ohonom ymadael yno ar daith a gymerth y rhan helaethaf o'r diwrnod. Taith ymchwilgar ydoedd hon, wrth gwrs, er canfod rhagor am gredoau a chysegrfannau Bwddhïaeth a Shinto, gael i minau addysgu y trigolion yn well am yr Iawn Dduw. Credaswn imi lwyr syrffedu ar demlau, ond yr oedd y temlau hyn yn arallfydol ac enrhyfeddol, i'r fath raddau nes na bydd yr un deml arall yn cymharu â hwynt i'm meddwl fyth eto. Yr hyn a'm trawai yn Nara wledig ydoedd ehangder ei gofod, a dernynnau o demlau a welid megis o bellter yn peri ias. Wrth eu pasio, ni allwn lai na throelli bys yn ddidaro dros res o olwynion gweddi. Cywilyddiais yn syth.

Yno yn y Tōdai-ji, teml anferth a hynafol, adeilad pren mwyaf y byd, y cynhwyssir y cerflun pres mwyaf erioed o'r Bwda. Y mae y lle yn ddigon i yrru pendro ar y sawl a safo o fewn ei gysegrfanau. A Leila anwyl, y mae genhyf ichwi i'w hadrodd stori gwbl ryfeddol nas gallaf hyd yr awr hon ei chredu. Fe glywsoch, mae'n debig, am darddiad y Brython, y modd y darfu ini hanu o grombil Ewrob, neu o ddyfnderoedd caddugol Asia Fawr a mynyddoedd Siberia. Bydd genych gryn ddiddordeb felly yn y dyb yn y parthau hyn fod gwir wreiddiau a dechreuadau y Celt nerthol yn gorwedd ac yn tarddu yn mhellach yn ol hyd yn nod na hyny.

Onid un daith fawr tua'r gorllewin ydyw ein hanes ni fel Brythoniaid ac fel Celtiaid? Wedi tramwyo ehangder Rwsia a dyfnderoedd caddugol Asia Fawr, gwareiddio Ewrob dywyll a glanio wedyn ar lanau eithaf ymylon y byd fel yr adwaenem ef. Yna wedi gormesu arnom a cholli ein priod diriogaethau a'n hiaith, ymlaen, ymlaen eto dros gefnfor enfawr tua Chanaan dir! I ymsefydlu ohonom drachefn yng nghyrau Brasil a glanau'r Amerig, lle bu Madog o'n blaenau yn arloesi. A minau rywsut o ddychwelyd tua'r dwyrein wedi tynu'n groes, fel y gwneuthum mor aml yn fy neissyfiadau i gael tori'n rhydd o hualau hyn o gorff tlawd, gwantan, benywaidd.

Ond tybiaf yma imi ddod ar draws hanesyn – p'un ai hanesyn ynteu chwedl ydyw, nis gwn – i egluro tarddiad cenedyl y Cymry, a hyny yn mhellach yn ol hyd yn nod na Rwsia bell.

Yr oedd mynach byrr a hynaws yr olwg mewn sachliain lwyd a llom yn ein tywys o amgylch y deml. Pan y dwedais wrtho fy mod yn hanu o Gymru, gwenodd yn llawen, ymgrymodd, ac yna chwarddodd i'm hwyneb. Yr oedd wrth ei fodd – roedd Cymru'n enwog yn Japan unwaith. Yn wir, yn marn y gwr hwn, yr oedd gan Gymru a Japan gysylltiad anatod a'i gilydd, ac yr oedd wedi bod yn ymaros yn amyneddgar rai degawdau er cwrdd ag un o'n llwyth. Meddai'r gwr, yr oedd un o ddisgyblion y Bwda wedi gofyn i'w feistr tra eisteddent yn myfyrio yno yn yr union neuadd lle safem ninau: beth allaf i ei wneud er mwyn cyraedd Nirfana? Roedd twll crwn yn un o golofnau pren y deml, nid mwy na phledren mochyn. Er mwyn gallu cyraedd Nirfana, dywedodd ei athraw wrtho, roedd yn rheidrwydd myfyrio yn faith a dwys, yn ddigonol felly i basio trwy'r twll hwn. Ond yr oedd yr un disgybl hwn yn methu'n lan a myfyrio yn ddigonol. Ystyriodd y Bwda yn ddwys, ac yna meddai fel hyn wrth y disgybl: pe gallet fyfyrio yn ddigon hir a dwys, yn ddi-dor a chyda'r fath ganolbwyntio nes gallu ohonot greu a dychmygu cenedyl gyfan o'th ben a'th bastwn dy hun, yn gwbl ffurfiedig a chyflawn, a chanddi bob dawn a chyneddf a berthyn i genedyl, yna gallet basio trwy y twll i Nirfana, cans byddet wedi cyraedd dyfnder ac ehangder eithaf dy fyfyrdodau.

Ni chredwch fyth mo'r hanes, Leila, ond wrth air y mynach hwn a adroddai'r stori wrthyf, aeth y disgybl ati'n ddyfal i fyfyrio am chwe mis a chwe niwrnod. Eisteddodd yn Neuadd y Breuddwydion a'i gefn yn syth a'i lygaid ynghau, ac ni symudodd ewin. Tyfodd ei wallt a'i farf yn llaes, ac aeth ei ewinedd i'w gilydd. Cludwyd bwyd iddo bob dydd, ond pan ddychwelid i gasglu'r llestri oriau'n ddiweddarach, yr oedd y bowlen a'r ffyn heb eu cyffwrdd. Erbyn iddo ymgodi o'i feddyliau ar ddiwedd y cyfnod hwn, yr oedd ganddo wedi'i ffurfio'n gryno yn ei feddwl genedyl fechan, fach, a fodolai ar gyrion eithaf ynysoedd Ewrob, ar ymylon creigiog y cyfandir, a'i godre'n ymestyn tua'r cefnfor, cefnfor tra gwahanol i'r cefnfor yr oedd y disgybl ei hun yn gyfarwydd ag ef. Yr oedd hi felly yn agored i'r elfenau, ond yr oedd ganddi fynyddoedd hefyd, mynyddoedd bychain o'u cymharu â chewri fel Fuji, ond mynyddoedd a oedd serch hyny o bryd i'w gilydd yn ymgeledd ac yn lloches.

Ond – ond. Disgybl ydoedd, ac nid oedd ei feddwl na'i allu wedi cyraedd eu llawn dwf a'u ehangder, a'r canlyniad yd oedd iddo ddychmygu rhyw fath o genedyl anorffenedig, cenedyl druenus ar ei hanner, a chanddi orffenol maith ond pruddglwyfus, a heb fod ganddi ddim dyfodol. Nid oedd ganddi nemor ddim sefydliadau gwladol, ac yr oedd er's canrifoedd wedi goddef dan iau cenedyl estron, rymus. Yn wir, hwyed y bu dan yr iau hwnw nes ei bod wedi dechreu ei thwyllo ei hun i gredu ei bod bellach yn rhan o'r genedyl fwy hono, ac wedi cael ei henyn a'i hysgogi i gyflawni anfadwaith y genedyl fwy ar ei rhan. Haner-cenedyl oedd hon, ac yr oedd y Bwda yn bur siomedig a galluoedd myfyrdodawl truenus ei ddisgybl. Dywedodd gymaint a hynyna wrtho; 'Ond y mae ganddynt eu hiaith eu hunain,' dadleuodd y disgybl, 'a thraddodiad hir ac anrhydeddus o lenyddiaeth yn yr iaith hono, ar gof a chadw a chlawr, a beirdd hyd y dydd i gynal y cof am y gogonianau a fu, a hen, hen grefydd.' Atebodd y Bwda, 'A yw hyny'n ddigon i greu cenedyl? Onid oes arni angen rhagor na thraddodiad, rhagor na hynafiaeth, er dyfod yn gyflawn aelod o genhedloedd y byd?'

Gwenodd y mynach, ac meddai wrthyf finau, 'Cymru oedd y genedl a ddychmygwyd gan y disgybl.'

Ni wenais inau yn ol arno. Yr oeddwn wedi'm cythruddo a'm cynhyrfu! Onid oeddwn i yno, yn sefyll o'i flaen, wired a'r dydd, yn Gymreicied merch ag a safodd ar dir y wlad hon erioed? Mae cenedyl y Cymry, meddwn, yn un fechan ond yn falch ac yn sicr mae hi'n bod. Nid penllanw dychymyg rhyw fynach iselwael ydyw. Unig ateb y mynach oedd iddo gymmeryd fy llaw inau, a'm tywys i groesi'r neuadd, ac yno yr oedd yr union dwll yn y piler pren – yr un faint a phledren mochyn yn wir.

Ond attolwg, protestiais, oni allwn inau siarad yr iaith Gymraeg ag ef? Onid oedd hyny yn brawf ynddo'i hun fod iaith y nefoedd a'i chartref yn bodoli? Daliodd yntau i wenu, gan ddadlau mai cyfres o symbolau a synau disynwyr ydoedd yr hyn a ddeuai o'm genau i i'w glust yntau. Ond llawer mwy amlwg iddo yntau o syllu arnaf, dadleuodd, oedd fy mod yn ymdebygu yn fy ngwisg a'm hosgo, a'm hymarweddiad – ie, a'm hiaith – i ferch o Japaniad. Nid oedd na chweryl na chasineb yn ei ddadyl, dim oll eithr tynerwch.

Cywilyddiais, a ffieiddiais. Yr oedd y mynach yn berffaith gywir. Yr wyf er's tro wedi dod i ymddiosg o'm hen lieiniau a dilyn ffasiwn y llys, clymu'm gwallt yn gywrain bob bore a dechrau gosod, yn betrus, haenen denau hyd yn nod o bowdr gwyn ar fy ngruddiau. Fe'm gwelais fy hunan am yr hyn ydwyf bellach: deuthum yn Japaniad ac nid wyf Gymraes erbyn hyn (o leiaf, nid yn allanol). Ond ymdynghedais y dychwelwn, yn ol yn ffrog oreu Sabath fy mebyd, ag iaith fy nhadau ar fy min, a darluniau a llyfrau o'r henwlad i'w dangos iddo.

Nid oeddwn mor sicr o honof fy hun pan ddychwelais yn benisel i'r hen ddinas rai dyddiau yn ddiweddarach. O ba le'r oeddwn i wedi dod? Ai breuddwyd ehud fu Cymru oll? O, fy Leila, anfon ataf ar frys, fel y gallaf f'argyhoeddi fy hun nad rhith mohonot, mo'r wlad a fu yn bopeth i mi cyhyd, nad breuddwyd noson ydyw aberth Crist ar ei groes!

Yn daer fy nyhead,
Dolores

A34

27 Mehefin, 1868

Anwyl Leila,

Y mae yn ddrwg genhyf am yr oedi mawr a fu er's
anfon fy llythr diweddaf, am y brys a'r gofid yr wyf yn
ysgrifennu'r genadwri hon yn eu hyspryd, ac am y pethau
y mae'n rheidrwydd arnaf eu datgelu, wrth anfon hyn o
air. Ond bu pethau mawr ar droed, a bu newid byd, yn wir,
newid bydoedd. Ymddiheuraf hefyd os wyt yn ddiweddar
wedi gweld yn dda i anfon ataf yn y Nijo-jo:– nid wyf yn
gorphwyso yno bellach, ac ofnaf na welaf y lle byth mwy yn
f'einioes.

Y mae yn atgas genhyf ddodi y geiriau hyn ar bapur, ond
rhaid i'r gwir gael ei gofnodi yn rhyw le, hyd yn nod os
digwydd y collir y gwir hwnw hyd y cefnfor. Leila, gwyddost
fel yr ymdeflais yn llwyr a digyfaddawd i fuchedd *ukiyo*. Mor
bell yr euthum o'm magwraeth Gristionogawl! Ac mor
gyflawn fy nghwymp. Mynegais wrthyt eisoes (ymaith a'r
'chwi' bellach, a'r lleiaf o'm camweddau fydd galw 'ti' arnat)
y modd y deuthum i arfer yr *onnayu* beunyddiol, ac yno yn
un o'r baddondai cyhoeddus y deuthum i adnabod ciwed o
geiko. Bûm yn hynod ffri wrth ymfaddoni yn eu cwmni, y
fath gyfforddusrwydd yn noethni ein gilydd nis teimlaswn
erioed o'r blaen. Ond hyny ynddo'i hun nid oedd bechod
eithaf, eithr rhagargoel o'r hyn a oedd eto i ddod. Yr oedd eu
cwmni wedi deffro ynof chwant am felyster cnawd a nwyd
am groen ifanc, meddal. Ac nid unrhyw gnawd ychwaith,
eithr – o! y mae ei gofnodi yma ar yr untro yn arswyd ac yn

rhyddhad! – cnawd merch. Leila, bu i minau ddyheu am dy groen dithau unwaith, a chyhoeddi hyny bellach ni'm dawr, cans gwn nas gwelaf di mwy.

Y gwir amdani, a minau yn fy hiraeth am danat, ydyw y'm daliwyd yn cydorwedd a Chihiro yn ei siambr. Ni allaf ond arswydo wrth fy hyfdra a'm eofndra fy hunan, a hyd heddiw ni ddeallaf pam y gwneuthum fel ag a wneuthum, onid oedd rhyw beth, a fu hyd yma yn nghudd ac yn gladdedig o'm mewn, wedi'i ddadorchuddio a'i ddatgladdu gan y wlad ryfeddol hon a'i harferion. Yr oedd troedfilwyr yr ymherodr wedi clywed swn fy nhraed hyd y lloriau eos yn cripian tuag at siambr Chihiro. A minau'n llwyr grediniol imi gymryd pob gofal! Nis gwn a fydd hyn yn peri itti arswydo neu ffieiddio'n fwy ataf, Leila, ond fe'i caf yn rheidrwydd arnaf bwysleisio na theimlwn, ac na theimlaf, unrhyw gariad neu serch tuag at Chihiro. Atyniad corfforol ydoedd yn llwyr, ac atyniad a deimlai yn un cwbl naturiol yn noethni'r baddon ac yng ngwres llieiniau ei chastell, ond un ysydd bellach, a minau gryn bellter i ffwrdd, yn gwbl atgas genhyf. Ac eto ni allaf ond gwaedu drosti, hithau wedi ei dal a minau wedi dihengyd, a'i gobaith mynwesol o gael dyfod, maes o law, yn llawforwyn i'r ymherodr ei hun bellach yn deilchion!

Erbyn hyn, ar ol llwyddo i ddianc, yr wyf yma yn ymguddio yn Hakone, tref fechan ger godre mynydd Fuji lle llifa'r dwr yn danbaid o grombil y ddaear, a lle ffrydia ac y dihanga nid nepell o'r fan hon yn ddrewdod a swigod melyn. Bu'r daith yn hir a lluddedig, a'r ddringfa trwy'r troedfryniau coediog a llaith yn llafurus. Ymboenwn beunydd nad edrychwn fel pawb arall, y byddent yn fy erlid ymaith. Ond o! y fath wyleidddra a charedigrwydd a brofais ar bob tu. Bu bron i'r ddringfa fy niweddu. Ond cefais orphwys un nos yng nghartref hen wreigan, a blasu drachefn o'r hylif gwellhaol hwnw, y te gwyrdd. Euthum yn fy mlaen hyd ffyrdd y mynyddoedd nes dod yma i'r fath fangre neilltuedig nes na ddichon i luoedd yr ymherodr fy nghanfod. Cefais le mewn lletty diarffordd, nid nepell o'r llyn, ac yma yr wyf heb nemawr ddim trugareddau nac eiddo, yn cyfansoddi hyn o air yng ngolau lantern bapur.

Yr wyf yn oer yma. Euthum o gwmni a bywiogrwydd a swn y llys ar amrantiad i fod yn unig, ar herw, yn Hakone'r mynyddoedd a'i ddyfroedd byrlymus. Y mae chwa yr arogldarth wedi'i ddisodli gan arogl swlffwr. Ymguddiaf yma heb air na newydd o'r unlle, heb wybod beth yw hanes y llys yn Kyoto na neb o'm hen gyfeillion. Y mae gwr y lletty a rhai o drigolion y fangre wasgaredig hon yn ddigon caredig: ond y maent hefyd yn ddrwgdybus ohonof, ac er na fynant fy ngyrru ymaith, ni fynant ychwaith gael gormod a wnelo a mi, yn enwedig yn y dyddiau blin, rhyfelgar hyn. Dyna sydd yn anodd, fe gredaf – yr awydd arnaf o fod eisiau dianc oddi wrthyf fi fy hun at rywun arall. Gwnaf bopeth a dim ond mi fy hun yn gwmni – pa ryfedd pe down yn fy nhro i alaru ar y cwmni hwnw! Leila, yn fy nghywilidd, erfyniaf arnat bellach – os ydwyt am anfon gair, anfon ef yma i'r cyfeiriad hwn i loni ysbryd pechadures fel myfi.

Dolores

Nodyn gyda llythyr A35

Ceir bwlch o gryn amser yn yr ohebiaeth rhwng llythyr A34 ac A35, ac ni ellir bod yn siwr a oes rhai llythyrau ar goll ai peidio. Y mae'n ddigon posibl i Ms Morgan roi'r gorau i'w llythyra am gyfnod er mwyn peidio â chael ei darganfod. Posibilrwydd arall yw nad oedd y cyfryngau, yn ysgrifbin ac yn bapur neu femrwn, ar gael iddi. Mae'r llythyr nesaf sydd ar glawr yn hynod oherwydd ei fod wedi'i ysgrifennu mewn katakana, *gwyddor fwyaf sylfaenol a syml yr iaith Siapanaeg a ddefnyddir yn aml i gyfleu geiriau a sillafau o ieithoedd estron; hyd y gwyddys, dyma'r unig ymgais estynedig erioed i ysgrifennu Cymraeg trwy ddefnyddio'r wyddor hon. Mae'r llythyr, o'i gyfieithu, yn ddyddiedig 'wythfed niwrnod y nawfed mis', y tro cyntaf i Dolores ddefnyddio'r system hon o ddyddio, sy'n golygu (yn ôl y calendr gorllewinol) 23 Hydref 1868.*

A35

F'anwylaf Leila,

Ysgrifenaf atat, er y gwn yn bur sicr bellach nad oes y fath berson a thithau'n bod, ac nad yw'r oriau a dreuliais yn dy gwmni ond megis breuddwyd a barodd dalm yn rhy faith wedi deffro. Nid wyf wedi derbyn gair genyt er fy nglaniad yma yn Nippon, a bûm yn ymboeni cyhyd ynghylch hyny; deallaf bellach nad oedd dichon erioed itti fy ateb, gan mai rhith ydwyt, brithlun o'm dychymyg fy hun.

Yr wyf wedi profi arlliw o'r heddwch mewnol a ddaw o ddwys fyfyrio ac o ddilyn ffyrdd y Bwda. Yma yn y mynyddoedd lle tardd y dwr yn dwym y mae fy hunan ar fod yn gyflawn. Teimlaf fy mod eisoes wedi dringo Fuji, wedi bod ar daith hirfaith ac ar fin gweld y terfyn, ar fin cyraedd y copa.

Yr wyf yn dyheu bellach am un peth uwchlaw popeth arall, sef am gael dychwelyd i Nara, i ddiolch i'r mynach hwnw am ddatgelu imi yr hyn a wyddwn erioed yn fy nghalon, am amlygu imi rith yr hyn a ddychmygaswn ac a freuddwydiwn, ac am fy neffro i'm gwir fywyd. Fe'm galwyd o'r genedyl fechan hono ar gyrion Ewrob, y wlad nad yw'n bodoli ond ym myfyrdodau ac ym meddwl un mynach, er mwyn imi gael dychwelyd yma at Darddiad yr Haul. Gwn bellach na fu Cymru erioed ond yn fy mreuddwydion.

Ped elai'r llys i Edo, gallwn efallai fentro, ond odid, i lawr o'r mynyddoedd a chyrchu'r deml yn Nara. Cawn ddychwelyd i eistedd wrth droed y mynach, a rhoi fy enaid yn llwyr ger ei fron i fyfyrio weddill f'einioes, ac un dydd efallai dreiddio trwy'r twll hwnw at Nirfana. Ond cefais achlust nid ddeuddydd yn ol y coronwyd yr ymherodr yn Kyoto, ei ymherodres wrth ei ymyl a'i ordderch ar flaen ei osgordd. Beth a ddaeth o Chihiro, nis gwn. Y mae'r Ymerodraeth Fawr, Dai Nippon Teikoku, ar gyraedd ei hanterth, ac yn hyny caf ymfalchio. Ni ddymunaf ddim drwg i'r ymherodr nac i neb o'i lys. Ond i minau, nid oes dychwelyd i fod. Fel y saif, ni allaf weld ond un ddihangfa, ac yn hono efelychwyf y *samurai* eu hunain. Daeth yr ymherodr a dosbarth cyfan o arglwyddi i'w gliniau; pa obaith felly i genhades fel fi a freuddwydiodd cyhyd am genedyl na fodolai? Ond gallaf ddiweddu fy muchedd arnofiawl fel y gwnaethant hwythau, a thrwy hyny ddwyn rheolaeth, o leiaf, tros fy nhranc fy hun os nad tros fy nwthwn, a throi yn wyfyn.

Pe baet yn bodoli, Leila, byddwn yn egluro itti rywbeth y deuthum i'w ddysgu ac i'w ddeall yn bur ddiweddar. Gwnaf hyny yn awr, ac anfonaf hyn o lythr, rhag ofn y cyraedd ben ei daith yn rhywle, ar gyrion Ewrob lle mae godre'r tir yn ymgreinio i gefnfor cwbl wahanol i'r un a welaf inau yn mhell dros y gorwel ym Mae Sagami. Y mae gair arall yn bod yn yr iaith hon sydd i'r clyw yn gyfunsain â'r *ukiyo* y ffolais arno dro. Er mwyn egluro'r gwahaniaeth, rhaid imi yw troi at wyddor *kanji*. Sillefir *ukiyo*, sef y 'Byd Arnofiawl', fel a ganlyn: 浮世. Ond y mae i'r gair *ukiyo* ystyr arall hefyd. Caiff ei sillafu 憂き世, ac y mae yn golygu 'Byd Gofidus'. Hwn yw'r byd o ofid a galar ac alaeth, o farwolaeth ac aileni, y mae dilynwyr Bwda yn ymgyraedd i ddianc ohono. Yn fy ffolineb, Leila, ac mewn iaith wneud o gyrion Ewrob, ofnaf imi gymysgu'r ddeupeth hyn yn ddybryd, y byd arnofiawl a'r byd gofidus, heb dybio am enyd y gallai'r ddau, yn y pen draw, arwain i'r un man.

Yr eiddot, erioed,

ドロ一ン

Museu Picasso

*C*EISIODD Y SWYDDOG *sipian y modfeddi olaf o goffi chwerw heb i'r gwaddod tywodlyd gyrraedd ei lwnc. Methodd. Yna ffliciodd lychyn ola'i sigarét i'r cwpan a'i glywed yn hisian wrth daro'r gwaelod. Edrychodd ar y system sgriniau o'i flaen. Gydag ystum braidd yn orddramatig, efallai — roedd yn dod i ddiwedd shifft hir, a bod yn deg — cododd ei ddwylo at ei lygaid a'u rhwbio, bron fel pe na allai gredu'r hyn roedd yn ei weld.*

Ers rhai wythnosau, roedd wedi bod yn gwylio'r bachgen hwn. Ychydig o bethau wedi'u dwyn o'r ciw yn y stryd y tu allan. Wel, pa niwed? Petai'n dysgu gwers fach i'r twristiaid er mwyn iddynt fod ar eu gwyliadwriaeth, gorau oll — fe ddylen nhw wybod yn well, wedi'r cyfan, mewn dinas fel hon. A phe bai'n golygu bod y ciwiau, ar eu hanterth, yn mynd fymryn yn fyrrach, wel... doedd hynny ddim yn ddrwg o beth i gyd. Roedd y bachgen hefyd wedi mentro i mewn i'r siop ar dro, er i'r swyddog wneud pwynt o rybuddio staff y tocynnau am rafins o'r fath.

Ond heddiw, gwelai'r giard fod y bachgen yn rhoi cynnig ar strategaeth wahanol, fwy uniongyrchol. Allai o ddim credu'i lygaid — a dyna oedd i gyfrif, efallai, am yr ystum melodramatig. Ac eto i gyd, wrth iddo gynnau ffag arall roedd ei ddiddordeb hefyd wedi'i danio. Gwyliodd y bachgen, yn symud o'r naill sgrin i'r llall o'i flaen.

Pan oedd y bachgen Tomàs wedi cael helfa wael ac yn dymuno mynd nesaf i le lle byddai'n sicr o daro ar brae, fe fyddai'n anelu am y Carrer de Montcada ac am y Museu Picasso. Byddai'n gadael tyrfaoedd y Rambla lle'r oedd gormod o rai eraill o'r criw o gwmpas, a gweu ei ffordd i gyfeiriad Parc de la Ciutadella ar gyrion y ddinas a'i sw. Ni fyddai'n dilyn y prif heolydd syth, y Carrer de Ferran a'r Carrer de Jaume, a chadwai draw hefyd o'r sgwariau rhy amlwg, y Plaça Reial, lle basai'r lleill yn tynnu arno ac yn tynnu oddi arno am ei fod yn llai na nhw ac am nad oedd o cweit eto wedi dysgu bod mor gyfrwys â nhw. Yn lle hynny âi'r ffordd hir, cosi ochr y Plaça George Orwell ac yna croesi'r Via Laietana mewn llecyn distaw, cyn cael cip sydyn ar eglwys Santa Maria del Mar ar ei ffordd. Weithiau, ar ddiwrnod gŵyl, byddai'n oedi yno i weld y pypedau anferth ar faglau, i yfed eu lliwiau, ac i drio'i lwc rhwng y bobl oedd â'u bagiau'n slac a'u camerâu tua'r entrychion.

Llwybreiddiodd Tomàs yn ei flaen rhwng y tai uchel tywyll a'r balconis haearn bwrw a'r leins dillad fel edau, a chyrhaeddodd ar ôl ychydig y Carrer de Montcada. Yno'n ei aros eisoes, er nad oedd hi ond toc wedi naw y bore, roedd llinell hir yn ymestyn allan o borth yr hen balas. Gwyliodd nhw am ychydig cyn mynd at ei waith. Gresynai nad oedd wedi galw heibio i Sergi a Pol i weld a oedd ganddyn nhw awydd dod am dro. Roedd hi wastad yn haws efo dau neu dri i dynnu sylw yma ac acw ond fe'i cysurodd ei hun fod llai o siawns i neb ei ddal fel'ma.

Dechreuodd y bachgen ymweld â'r Carrer de Montcada yn amlach dros yr wythnosau canlynol. Roedd wedi dechrau darllen patrwm y ciws, a phryd y byddent ar eu hwyaf. Roedd y ffaith fod y ciw'n ymestyn i lawr y stryd gul yn golygu nad oedd fawr o le i bobl fynd heibio. Deuai nifer o gerddwyr i lawr y stryd o'r cyfeiriad arall, nifer ohonynt yn dod allan o'r palas y ciwiai'r lleill i fynd i mewn iddo, gan greu rhyw fath o wrthgerrynt yng nghulfor y Carrer. Yno, gan weu rhwng y bagiau, yr âi'r bachgen Tomàs ati i wneud ei waith.

Ac yntau wrth ei waith ymysg pocedi'r ymwelwyr, meddyliodd y bachgen beth yn union tybed a ddenai'r torfeydd yma bob dydd. Parablai'r ymwelwyr uwch ei ben gan mwyaf yn Saesneg neu Ffrangeg neu mewn Almaeneg. Gallai ddarllen rhywfaint, ond nid rhyw lawer: ac mae gallu darllen geiriau yn wastraff llwyr os nad oes neb wedi dweud wrthym beth yw ystyr y geiriau hynny. Roedd Tomàs wedi deall y gair 'Museu' ond doedd ganddo ddim syniad beth roedd 'Picasso' yn ei olygu.

Un dydd aeth ei gywreindeb yn drech nag o, ac ar ôl helfa foreol ddigon proffidiol fe ddiflannodd. Daeth yn ei ôl ryw deirawr yn ddiweddarach, pan fyddai torfeydd y bore, a oedd eisoes wedi'i weld ac a allai ei adnabod eto, wedi mynd yn eu blaenau am y Sagrada Família neu am siopau drudfawr Eixample. Safodd, fel pe na bai erioed wedi bod yma o'r blaen, yng nghefn y ciw, ac aros. Pan gyrhaeddodd y ddesg roedd y ddynes wrth y til yn edrych yn od arno. Roedd hi'n siŵr ei bod wedi'i weld o'r blaen ond roedd ganddo esgidiau am ei draed ac arian yn ei law. Gofynnodd iddo ymhle'r oedd ei rieni ac atebodd yntau'n eirwir nad oedden nhw'n gallu dod heddiw ond eu bod nhw'n gwybod ei fod yma. Yn anffodus, eglurodd y wraig, doedd dim modd caniatáu i rai dan bedair ar ddeg ddod i mewn heb oedolyn yn gwmni. Pe gallai ddod yn ôl gyda'i rieni rywbryd, fodd bynnag, fyddai dim rhaid iddo dalu gan fod mynediad i rai dan ddeunaw am ddim.

Doedd hynny ddim yn bosib, atebodd y bachgen, a synhwyrai'r wraig nad oedd diben holi ymhellach. Fel roedd hi'n digwydd, roedd y wraig newydd weld adroddiad ar y teledu y bore hwnnw am ffrwydriad a oedd wedi bod mewn dinas bell ac a oedd wedi lladd dwy ferch fach. Fel roedd hi'n digwydd, roedd yr adroddiad wedi ei chyffwrdd ac wedi dod â'i hemosiynau fymryn yn nes i'r wyneb, gan wneud iddi feddwl am ei phlant ei hun. Ac fel roedd hi'n digwydd, roedd hi'n fwy parod nag arfer i blygu'r rheolau i fachgen bach fel Tomàs ac felly dywedodd y câi fynd i mewn heddiw, ond y byddai'n rhaid iddo ddod â rhywun gydag o pe dôi eto. Gofynnodd hithau iddo wedyn a hoffai gael *audioguía*. Faint oedd hynny, gofynnodd y bachgen Tomàs, a'r wraig yn ateb ei fod yn costio €5.

Erbyn hyn roedd Tomàs wedi dechrau meddwl y byddai'n rheitiach gwario'r arian yn ei boced ar fwyd heno. Doedd arno ddim angen clywed unrhyw beth, dim ond gweld pam roedd yr holl bobl bob dydd yn ciwio cyhyd. Cafodd bamffled bychan a map am ddim, ond nid edrychodd ar hwnnw. Dilynodd ei drwyn a dilyn y golau, gan ddringo hen risiau carreg a godai o gowt agored ger y fynedfa. Aeth drwy'r drws gwydr, ac anelu am stafell a'r rhif 1 ger ei mynedfa. Gallai ddilyn rhifau.

Treuliodd ryw awr yn cerdded o amgylch y stafelloedd. Erbyn deall, darluniau a pheintiadau oedd yma, rhyw wyth neu ddeg ohonynt yn hongian ymhob stafell, a phobl yn sefyll yn union o'u blaenau ac yn syllu arnynt. Pam na fydden nhw i gyd yn sefyll ymhellach yn ôl, meddyliai Tomàs, er mwyn i bawb gael gweld ar yr un pryd, duw a ŵyr. Roedd pobl yn plygu i mewn yn agos, agos at y cynfas, fel pe baen nhw'n chwilio am rywbeth neu'n ceisio gweld rhywbeth nad oedd yno. Roedd eraill wedyn yn darllen y paneli nesaf at y lluniau yn fanwl iawn, a phrin yn taro cip ar y peintiadau eu hunain. Roedd nifer fawr o bobl ar eu ffonau, ond yn wahanol i'r twristiaid y tu allan doedd y rhain ddim yn siarad â'r person ar y pen arall. Deallodd y bachgen wedyn mai'r rhain oedd yr *audioguías* bondigrybwyll. Ond roedd eraill mewn difri ar eu ffonau, yn syllu ar y sgrin ac yn defnyddio'r meinciau a safai yng nghanol pob stafell er mwyn eistedd a dal i syllu a bodio'u teclynnau'n ffrantig.

Mentrodd Tomàs i'r stafell nesaf lle'r oedd rhai'n defnyddio'u ffonau i dynnu lluniau o'r lluniau. Sylwodd y bachgen fod y rhai a wnâi hyn yn symud yn eu blaenau'n bur sydyn wedyn. Pam tynnu lluniau o luniau? A nhwythau wedi talu i ddod yma i weld y lluniau gwreiddiol, onid rheitiach fyddai edrych ar y rheini yn lle copi gwael ar sgrin ac arno adlewyrchiad golau'r stafell? Ar ei bamffled bychan roedd symbol o gamera a llinell drwyddo.

Wrth fynd drwy'r stafelloedd, sylwodd fod y darluniau'n dechrau newid eu harddull, gan amrywio cryn dipyn o'r stafell gyntaf. Mae'n rhaid mai artist go wahanol oedd wedi peintio'r lluniau hyn. Roedd y rheini'n debyg iawn i rai a welsai o'r blaen, yn bortreadau tywyll o bobl mewn du neu'n olygfa lom o wely angau a dim ond golau cannwyll ar fwrdd, neu'n dirlun manwl ac iddo amrywiol arlliwiau o wyrdd a glas a rhywfaint o felyn ac oren hefyd. Roedd artist y stafell hon yn llawer mwy hoff o dynnu lluniau o bowlenni o ffrwythau a phethau felly ar fyrddau – darnau o bapur a gwydrau gwin ar eu hochr. Eto i gyd roedd y cyfan yn edrych yn ddigon cyfarwydd; yn gonfensiynol, hyd yn oed.

Pan gamodd y bachgen, fodd bynnag, i'r stafell nesaf, fe'i trawyd gan yr argraff fod artist y stafell hon dipyn yn fwy mentrus na'r ddau arall. Cafodd Tomàs ei atynnu at ddarlun lliwgar a oedd yn llawer mwy trawiadol na'r pethau a welsai eisoes. Yn hwn roedd dynes yn eistedd wrth ryw fath o fwrdd tywyll, ei breichiau coch ymhleth, a'i hwyneb yn llygadrythu arno. Roedd ei llygaid fel dwy hollt o dan ei phenwisg flodeuog, a'i holl ymarweddiad yn gwneud iddi edrych fel cath, yn syllu'n frwd ac eto'n ddidaro neu'n ddioglyd ar yr un pryd. Roedd rhyw gysgod glas o amgylch ei llygaid a wnâi'r bachgen yn drist er nad oedd yn siŵr pam. O sbio'n nes, sylwodd mai'r hyn a oedd wedi'i ddenu at y llun yn y lle cyntaf oedd y cefndir lliwgar melyn a gwyrdd, gydag ambell sbloetsh o goch a glas, ond wrth edrych arno roedd yn rhyfedd na wnaeth yr artist unrhyw ymdrech o gwbl i guddio'r ffaith ei fod yn peintio – hynny yw, roedd yn berffaith amlwg mai brwsh mawr tew a digon o baent arno a fu'n taenu'r tasgiadau hyn o liw ar hyd y cynfas. Lle'r oedd gweithiau'r artistiaid eraill yn awyddus i gyfleu golygfa neu berson mor realistig â phosib, roedd fel pe bai'r artist hwn wedi gweiddi ar Tomàs, edrych! Nid rhywbeth go iawn ydi hwn ond darlun, peintiad. Gwaith artiffisial o'm pen a'm pastwn fy hun. Fi wnaeth hwn – nid bywyd go iawn ydi o!

Ond eto, yn rhyfedd, roedd hyn yn gwneud i Tomàs gredu'n fwy llawn, yn ddyfnach yn y llun. Bron na allai weld yr artist hwn yn sefyll yno efo'i gynfas a'i îsl, a'r ferch-fel-cath yn pwyso o'i flaen, yntau'n sblashys drosto ac wedi gwneud llanast ar y llawr, a hithau'n ei geryddu'n ddiog.

Yn y stafell nesaf, roedd amryw dirluniau a phortreadau, i gyd wedi'u peintio mewn arlliwiau o las. Synhwyrai Tomàs fod yr artist hwn yn brin o liwiau yn ei balet. Digon di-fflach oedd y rhain o gymharu â lliwiau'r ferch ddioglyd. Wrth iddo symud yn ei flaen, wedyn, dechreuodd y bachgen weld ffigyrau a oedd yn ddigon tebyg i bobl ac eto nid pobl oedden nhw. Fe allai adnabod y nodweddion unigol – llygaid, trwyn, ceg, breichiau, pen – ond roedden nhw yn y llefydd anghywir, allan o le. Yn llinellau ac yn sgwariau ac yn onglau i gyd. Doedd y rhain ddim yn debyg i unrhyw beth. Wyddai'r artist hwn, druan, ddim sut i beintio, meddyliodd y bachgen Tomàs, ac fe fyddai wedi bod yn syniad da iddo, pe bai wedi byw yn yr un cyfnod â'r artistiaid eraill yn yr amgueddfa, fynd draw atynt ac edrych ar eu gwaith a chael sgwrs â nhw ynghylch sut i gyfleu a phortreadu'r byd ar bapur.

Roedd un stafell anferth yn llawn o'r lluniau onglog, blêr, bron yn angenfilaidd. Ond roedd y stafell hon yn odiach fyth gan mai'r un llun, mewn gwirionedd, oedd pob un, dim ond bod rhywfaint o amrywiaeth ynddynt o ran lliw, neu faint, neu'r modd yr oedd y bobl ynddyn nhw wedi'u trefnu ac wedi'u gosod rhwng ei gilydd. Allai'r bachgen ddim dychmygu pam y byddai'r artist eisiau gwneud hyn, oni bai ei fod yn methu'n lân â chael pawb i'w lle yn iawn fel y dymunai. Hyd yn oed wedyn, allai Tomàs ddim deall pam roedd perchnogion yr amgueddfa wedi dewis arddangos yr holl gamgymeriadau a'r methiannau a'r ymarferion hyn. Ond wedyn wrth feddwl am y peth, allai'r bachgen Tomàs ddim dweud wrthoch chi chwaith, pe baech chi'n gofyn iddo, pa un o'r rhain i gyd oedd y fersiwn derfynol, lwyddiannus, os oedd un yn bodoli o gwbl. Meddyliodd am fydysawd lle'r oedd pob stafell, pob cilfach, wedi'u llenwi â lluniau fel y rhain, yn amrywiadau ar ei gilydd, byth yn union yr un peth ond byth chwaith yn ddigon gwahanol i'w gilydd ichi allu dweud: dyma ddau lun sydd ddim yn perthyn i'w gilydd. Meddyliodd am y ferch fach ynghanol y stafell yn y darlun, yn edrych arno, neu am y silwét yn y drws, wastad ryw fymryn i'r chwith neu i'r dde, byth yn yr un lle ond o hyd yn sefyll yno, ar ei ffordd i mewn neu ar ei ffordd allan. Meddyliodd Tomàs y byddai hwnnw'n fyd annymunol dros ben i fyw ynddo, a doedd arno ddim eisiau aros yma fawr mwy. Ac yntau'n dal heb fedru deall yn iawn beth yn union oedd yr holl ffys ynghylch y lle, anelodd am yr allanfa.

Anghofiodd y bachgen am y lle'n llwyr erbyn iddo gael ei grafangau ar swper go swmpus. Ond pan ddychwelodd i'w wâl i gysgu'r noson honno, a synau'r bechgyn eraill yn ei ben, bob tro y caeai ei lygaid roedd llygaid y ddynes liwgar yn syllu'n ddioglyd yn ôl arno. Rai dyddiau'n ddiweddarach, tybiai am eiliad iddo weld merch ynghanol y dorf ar y Rambla a safai'n llonydd yn edrych arno, a'i llygaid ar osgo fel petai un yn uwch na'r llall. Wrth basio mynedfa rhyw eglwys wedyn, roedd bron yn siŵr iddo weld silwét dyn yn y drws. Gwelai'r dyn ifanc â'r gwallt aflêr a'r trwyn mawr yn hanner gwenu arno o bob teras a chaffe. Ond yr hyn a'i synnai oedd y teimlad a gâi, bob dydd yn ddi-ffael, yng ngwawl y wawr ac yntau eisoes ar ei helfa drwy'r ddinas, neu a'r gwyll yn cau i mewn a'r diwrnod o'i ôl, fod y strydoedd a'r adeiladau a'r eglwysi oll wedi eu gweu, eu peintio, o ryw ddefnydd neu baent glas a oedd o'r un ansawdd ac arlliw â'r glas rhyfedd hwnnw yn y stafell ganol yr oedd yntau wedi brysio drwyddi heb edrych ddwywaith ar ei darluniau. Doedd y lluniau hynny ddim wedi ei atynnu a'i blesio fel y ddynes liwgar, ond doedden nhw ddim chwaith wedi gwneud iddo wfftio a gwaredu at y fath ddiffyg crefft fel y darluniau onglog gwirion hynny. Doedd y bachgen ddim yn credu ei fod wedi meddwl amdanynt o gwbl, wir. Ond roeddent yno bellach yn llenwi'i ben ac yn lliwio'i ddinas, ac o flaen ei lygaid bob gafael roedd y ffigyrau llipa, gwelw, glaslwyd hynny fel cyrff meirwon.

Ar ôl rhai dyddiau roedd y bachgen wedi laru ar lwydlesni ei fyd, ac ar gamgymryd twristiaid a thrigolion am hanner-meirwon. Pan fyddai cân yn ei ben, yr unig ffordd y gallai'r bachgen gael gwared arni oedd mynd i'r siop recordiau fawr ar y Carrer de Ferran, gwisgo'r clustffonau, a gwrando arni. Yn yr un modd, felly, gwyddai nad oedd ond un peth amdani: roedd yn rhaid iddo fynd yn ôl i weld y lluniau glas.

Ar ôl tipyn o waith perswadio, llwyddodd i gael gan un o'r bechgyn hŷn fynd gydag o, er mwyn iddo allu mynd i mewn. Mor awyddus oedd Tomàs i ddychwelyd nes iddo gytuno hyd yn oed i dalu pris mynediad Mateu drosto. Nid arhosodd y tro hwn yng nghwmni'r tirluniau cyntaf, na'r gŵr â'r hanner gwên, a dim ond cipolwg a daflodd at y gath-ddynes ddioglyd. Anelodd yn ei union at y stafell las, heb gymaint ag aros am Mateu. Yno safodd, a syllu ar y lluniau o'i amgylch. O fewn un ffrâm gwelai ran uchaf nifer o dai ac adeiladau a thoeau yn ymestyn i'r pellter, yn frownlas a'u hamlinell yn ddu, a golau cynnar yn disgyn ar y to lle safai'r peintiwr ei hun. Ymhell tua'r gorwel roedd y glaslwyd marw hwnnw a oedd wedi dechrau treiddio i foreau a hwyr brynhawniau Tomàs ei hun, a rywsut heb i neb ddweud wrtho, deallodd mai peintiad o'i ddinas ei hun, o Barcelona, oedd y darlun hwn.

Trodd wedyn at ddarlun o ŵr ifanc a chanddo wyneb gwyn, pantiog, mewn siaced ry fawr iddo, a chefndir o las tywyll, tywyll o'i ôl. Er ei fod yn amlwg yn fyw, edrychai'n barod wedi'i dynghedu i farw. Roedd lluniau eraill hefyd o grwpiau o ddau neu dri o drueiniaid, yn noeth neu'n hanner noeth, oll yn erbyn cefndiroedd o wahanol arlliwiau o'r glas hwnnw. Ond yr un a'i trawodd oedd portread o wraig a'i gwallt yn fyr, wedi cyrlio o amgylch ei thalcen a'i harlais, a'i gên yn ymwthio am allan. Ar ei phen roedd rhyw fath o gapan gwyn, fel pe bai ar ei ffordd i'w gwely, ac roedd côt dywyll amdani, a oedd eto'n rhy fawr iddi. Syllai i bellter canol ac edrychai fel pe bai newydd roi ochenaid fechan: roedd ei gwefusau wedi gwyrgamu, cystal â dweud 'wel, dyna ni, ond fel'na mae', a hithau wedi ymroi i beidio ag ymroi bellach. Gallai ddychmygu mai rhywbeth tebyg a wnaethai ei fam unwaith.

Er mai awr fer a dreuliodd o flaen y lluniau glas, ni allai'r bachgen Tomàs eu bwrw allan o'i feddwl. Breuddwydiai am y lluniau bob nos a dyheai am gael dychwelyd i'w gweld. Roedd Mateu wedi syrffedu'n lân pan fu yno gyda Tomàs, ond daeth y bachgen o hyd i Pol i lawr yn ardal y dociau un dydd. Gwyddai fod Pol yn un o'r rhai cleniaf o blith y bechgyn hŷn, a gofynnodd iddo a fyddai yntau'n hoffi dod gydag o i'r amgueddfa. Digwydd bod, roedd Pol wedi cael helfa dda rai dyddiau'n ôl, ac roedd wedi cael achlust o swydd i lawr yn y porthladd. Roedd felly mewn hwyliau da ac yn barod i wario. Roedd wedi'i oglais rywsut gan obsesiwn y bachgen ifanc, a phenderfynodd yr hoffai weld drosto'i hun beth oedd yno, ac yntau wedi pasio'r lle ganwaith dros y blynyddoedd. Gystal oedd ei hwyliau nes iddo gynnig talu am *audioguía* yr un iddyn nhw wrth gyrraedd. Cytunodd Tomàs yn llawen.

Dyna brynhawn a gafodd Tomàs a'i gyfaill Pol y diwrnod hwnnw. Sioc a ddaeth i'w ran gyntaf, wrth ddeall o'r diwedd yng ngeiriau'r *audioguía* mai gwaith un artist yn unig oedd yn cael ei ddangos yn yr amgueddfa, gwaith yr artist byd-enwog Pablo Picasso. Ni allai Tomàs yn ei fyw â chredu mai'r un person oedd wedi dychmygu a llunio a pheintio'r holl dirluniau a wynebau, y lliwiau a'r onglau, a'r holl lygaid hynny. Gymaint yr oedd wedi'i synnu nes na sylwodd, am dipyn, fod Pol wedi dechrau chwarae'n wirion â'i *audioguía* yntau, yn gwylltio pobl drwy siarad yn ôl â'r llais ac yn ymddwyn fel pe bai'n cael sgwrs fyrlymus ar ei ffôn symudol. Ni bu'n hir cyn i giard diogelwch ddod ato i ofyn iddo ddod â'r sgwrs i ben, ac yntau Pol yno'n protestio'i ddiniweidrwydd – *audioguía* ydi hwn! Onid deialog ydi celfyddyd? heriodd, cyn cael ei hebrwng allan i aros am Tomàs yn y siop.

Doedd Tomàs ddim mor siŵr am hynny. Roedd y lluniau wedi siarad ag o heb fod angen geiriau. Ond o briodi'r lluniau â geiriau bellach, roedd wedi cael sioc – a mymryn o siom hefyd a dweud y gwir. Deallodd fod enw penodol ar y dechneg onglog ryfedd honno yn rhai o'r lluniau, mai Picasso ei hun a'i datblygodd, a'i fod wedi arloesi â'r dechneg yn ystod hanner cyntaf yr ugeinfed ganrif.

Dychwelodd drachefn at y lluniau glas, gan ofni rywsut beth fyddai'n ei glywed. Allai o ddim credu mai'r un dyn a luniodd y lluniau onglog, neu'r ddynes ddioglyd liwgar, a'r lluniau affwysol drist hyn. Deallodd i Picasso, yn fuan ar ôl iddo symud o Gatalwnia i Baris, suddo i gyfnod o iselder dybryd a ysgogwyd gan hunanladdiad ei gyfaill agos, Carlos Casagemas, yng nghaffe'r Hippodrome yn y ddinas. Yr union gyfaill hwnnw, ryw flwyddyn cyn ei farw, a syllai'n awr ar y bachgen o'i ffrâm â'i siaced ry fawr a'i wedd wynebwyn. Dros y blynyddoedd nesaf roedd Picasso, yr artist ifanc addawol, wedi encilio i fyd o dlodi a dioddef ac wedi dechrau portreadu'r byd marwaidd hwnnw trwy gyfrwng arlliwiau o las.

Dysgodd rywfaint hefyd am batrwm byw Picasso yn y dyddiau ieuanc hynny. Ei arfer, mae'n debyg, oedd croesawu ei ffrindiau draw yn ystod y dydd a'u diddanu; yn y nos, felly, y byddai'n cyflawni mwyafrif helaeth ei waith. Gan na allai fforddio olew, arferai ddal ei frws yn y naill law a chanhwyllbren yn y llall, a damcaniaeth rhai haneswyr oedd mai'r goleuni pŵl ac annigonol hwn a oedd wedi dylanwadu ar ddewis Picasso o liw a'i arwain i ddefnyddio'r holl las. Ond yr oedd golau'r gannwyll yn y stafell dywyll hefyd yn denu cynulleidfa annymunol, a bob hyn a hyn byddai raid i'r artist chwifio'r gwyfynod, a ddeuai draw o drymder llaith y nos ddinesig i ymgasglu o gwmpas ei ddarluniau, i ffwrdd cyn iddynt ddechrau cnoi ar gorneli ei gynfasau. Digon tebyg i'r ymwelwyr hyn, meddyliai Tomàs, yn ymgasglu a heidio o gwmpas y lluniau a'u traflyncu'n awchus a difeddwl; eu canibaleiddio. A oedd hynny'n rhywbeth y byddai'r artist yn ei ddymuno ai peidio, ni wyddai.

Erbyn iddo orffen, roedd Pol wedi hen flino aros amdano yn y siop ger yr allanfa. Ac wedi meddwl, efallai fod crefft feunyddiol Tomàs hefyd wedi dechrau dioddef a dirywio dros y dyddiau a'r wythnosau diwethaf, yntau hefyd wedi encilio i fyd o lygaid ac o las. Roedd fel petai'n teimlo llygaid yn syllu arno ymhobman, a doedd hynny'n dda i ddim i un a'i grefft yn dibynnu ar ddiffyg llygadrythu, ar wneud i bobl droi i edrych i gyfeiriad arall.

Ond ar ôl cyfarfod Pol yn y siop ar ddiwedd y diwrnod hwnnw, cafodd syniad. Pan na fyddai'n gallu perswadio'r un o'r bechgyn i ddod gydag o'n gwmni, âi i'r siop yn yr amgueddfa, ac at yr adran helaeth o lyfrau a oedd yno. Câi fynd i'r fan honno heb gwmni oedolyn, heb dalu, a chanfu y câi yno hefyd faeth na allai'r un pryd o fwyd ei gynnig iddo. Traflyncai'r llyfrau, yn araf i ddechrau, gan ddarllen y llyfrau a fwriedid i blant a chanolbwyntio ar y lluniau eu hunain; ond fesul tipyn daeth y geiriau'n haws yn y llyfrau mwy dyrys hefyd ac yntau'n dechrau deall rhagor. Yna un dydd gwnaeth rywbeth ofnadwy o ffôl a pheryglus. Aeth ati drachefn i weithio yn y ciw y tu allan i'r amgueddfa. Ond yn lle'i heglu hi fel y dylasai ei wneud wedi hynny, aeth ar ei union i'r siop a phrynu poster o un o'r lluniau o'r cyfnod glas: Menyw a'i Chapan. Roedd hi'n frau ac yn sâl fel y darlun olaf oedd ganddo yn ei feddwl o'i fam, a phan gyrhaeddodd yn ei ôl i'r *carrer* bychan a'r gilfach lle trigai, aeth ati â darn gwm cnoi ffres a boerwyd ar y pafin i osod y poster ar ei wal.

Ymhen ychydig gallai'r bachgen Tomàs ddarllen y brawddegau sylfaenol a roddai wybodaeth iddo o fewn y llyfrau am deithi gyrfa Picasso. Dysgodd mai ei ddeunydd cynnar, yn bennaf, oedd yma. Wedi'i daenu dros ddwy dudalen fawr, sgleiniog ynghanol y llyfr roedd atgynhyrchiad o beintiad diweddarach o'r enw 'Guernica', yn llwyd a du a gwyn i gyd ac yn rhoi'r argraff gyfansawdd bron o fod yn frown. Yma roedd y dull onglog, llinellog hwnnw wedi'i ddefnyddio i'r fath raddau nes creu anhrefn llwyr ar draws y llun. Ymhobman roedd teirw, ceffylau, pobl a darnau o bobl, oll yn gwingo mewn poen dirdynnol ac wedi'u gosod blith draphlith ar draws ei gilydd mewn stafell dywyll a oleuid gan un bwlb – un *bombilla* – yn unig. Darllenodd y bachgen Tomàs ymlaen mewn syndod ac mewn tristwch, gan ddysgu am y digwyddiadau a ysgogodd y llun. Hyd yn oed yn eu ffurf fras, gyflwyniadol, roedd y manylion yn llethol, i'r fath raddau fel na allai Tomàs gredu ei lygaid ei hun: mae'n rhaid ei fod, yn ei frys a'i flys a'i ddiffyg gallu, wedi camddarllen. Ond na, darllenodd eto, yn fwy gofalus y tro hwn, a dagrau'n dechrau dod i gymylu ei lygaid. Nid oedd erioed o'r blaen wedi deall mai dyma orffennol ei bobl, a daeth arno gywilydd a thristwch enbyd.

Yn Madrid, yn ôl pob tebyg, yr oedd y llun hwnnw bellach. Ar ei union, dechreuodd y bachgen Tomàs ddyheu, nid am gael mynd i Fadrid i weld y llun, ond yn hytrach am gael mynd i Baris – oherwydd yno, yn ôl y llyfr, roedd Picasso wedi peintio'r llun hwn. Yno'r oedd wedi derbyn comisiwn digon diniwed, wedi clywed am yr erchyllterau oedd yn digwydd uwch toeau ei famwlad, ac yntau'n alltud ac yn gwbl ddi-rym i wneud unrhyw beth heblaw peintio. Mwyaf sydyn, roedd y bachgen yn ysu am gael profi Paris â'i lygaid ei hun, ac am wybod, er nad oedd ganddo efallai yr union eiriau i'w ddisgrifio, sut beth oedd anobaith alltudiaeth fel yna, a'i wlad ar ddarfod. Pam y credai yntau y byddai'n gallu profi hynny o fynd i Baris, wn i ddim.

Ond roedd wedi hen ddechrau breuddwydio am gael mynd i Ddinas y Goleuni i weld yr union stryd, y Rue des Grands-Augustins, dafliad carreg o afon Seine, lle bu Picasso'n peintio'r llun hwn. Ond pam Paris ac nid Guernica ei hun? Na, meddyliodd Tomàs, nid Guernica, ond delw o Guernica roedd o wedi'i weld, delw o'r holl erchylltra fu yno. Mi gerddai yr holl ffordd yno pe gallai ond wyddai o ddim i ba gyfeiriad y dylai anelu. Sut ar y ddaear y gallai dalu am docyn trên?

Yna roedd o wedi'i gweld hi: y ffonau. Y syllu a'r craffu. Pobl yn gwthio'n erbyn ei gilydd i drio gweld yr un llun yn agos, neu'n taro i mewn i'w gilydd wrth gamu'n ôl oddi wrth ddau lun gwahanol. Roedd y lle'n berffaith. Yr unig broblem oedd y camerâu, yn treiddio i bob stafell ac yn syllu, yn llygadrythu ar bawb. Byddai'n rhaid iddo fod yn ofnadwy o ofalus.

Y tro cyntaf, rai dyddiau wedyn, pan aeth at ei waith o fewn waliau'r amgueddfa ei hun, wnaeth o ddim mentro ond ychydig, a chael dim ond mân geiniogau am ei drafferth. Roedd ei holl gorff yn crynu pan sleifiodd allan o'r amgueddfa, a'i galon ar ras. Serch hynny ddaeth neb ar ei ôl i'w ddal na'i holi, ac roedd yr helfa fechan honno wedi bod yn hynod o hawdd.

Bu raid iddo aros yn hir am ail gyfle. Gofynnodd i Mateu ddod gydag o drachefn. Wrth gwrs, roedd yn rhaid cymryd o enillion y tro diwethaf er mwyn talu pris mynediad y tro hwn, ac felly roedd hi'n fater o geisio adennill costau rhag bod ar ei golled hefyd. Gofynnodd i Mateu adael yn fuan ar ôl cyrraedd, rhag codi amheuon y camerâu, a doedd Mateu ond yn rhy fodlon cydsynio. Cafodd Tomàs gryn dipyn yn fwy ar ei helfa y tro hwn, a'r pyntars druain yn rhy brysur yn craffu ar y lluniau neu'n symud rhag i'r golau adlewyrchu ar y cynfas neu'n darllen yr esboniadau maith ar y waliau. Gystal oedd hwyliau Tomàs nes iddo ystyried rhoi tro drwy'r siop i edrych ar y llyfrau, ond roedden nhw wedi hen laru arno'n gwneud dim ond darllen a pheidio prynu, a ph'run bynnag, roedd o'n fudur ac yn drewi. Doedd o ddim i ddod 'nôl, medden nhw, a doedd yntau ddim eisiau rhoi rheswm iddyn nhw sylwi arno heddiw.

Ceisiodd fod yn fwy darbodus, a pheidio â gwario'i holl enillion o'r tro blaenorol cyn cyrraedd. Bu'n hel a chrafu, yn gwneud rhywfaint o fegera hyd yn oed, rhywbeth gwrthun ganddo fel arfer. Doedd yr un urddas, yr un grefft a sylw a gofal am fanylder ddim yn perthyn i fegera. Ond roedd sefyllfa eithriadol yn gofyn am ddulliau eithriadol. Roedd ganddo €43 bellach ac roedd tocyn trên yn costio €59, o'i brynu o flaen llaw. Byddai angen un helfa olaf go dda arno. Roedd y daith o fewn cyrraedd; a phe bai'n addef wrtho'i hun, doedd o ddim wedi credu tan yr eiliad hon fod y peth o ddifri yn bosib. Ond dyna oedd rhyfeddod yr amgueddfa honno: roedd hi'n gwneud i chi gredu pethau oedd yn ymddangos yn gwbl anghredadwy.

Mateu a ddaeth yn gwmni eto: roedd hwnnw wedi dechrau mwynhau'r teithiau hyn. Diflannodd yntau'n fuan i weithio'r Carrer, ond roedd golygon Tomàs wedi'u hanelu'n uwch ac roedd y bachgen yn benderfynol mai heddiw fyddai hi ac y byddai ar ei ffordd i Baris erbyn y bore. Prin ei fod wedi camu i'r stafell gyntaf nad oedd wedi sylwi ar boced go lac yn nhrywsus uchel rhyw hen ddyn, ac wedi pysgota tair ewro rydd ohoni. Ryw ddwy stafell yn ddiweddarach, sylwodd ar ddynes fawr dew a chanddi fymbag llac yn hongian wrth ei hochr: go brin y teimlai hi unrhyw beth drwy'r bloneg. Cymerodd yntau ddiddordeb anghyffredin yn yr un llun ag roedd hithau'n ei astudio. Yn chwim ac yn fedrus llithrodd llaw i mewn a daeth pwrs bychan allan. Fyddai'r cerdyn yn dda i ddim, meddyliodd y bachgen, ond siawns na fyddai rhyw bapur deg neu bump yn llechu yno hefyd. Anelodd am y lle chwech i weld faint fyddai yno. Pwy a ŵyr, efallai y byddai hi'n un o'r rhai dwl oedd yn cadw'u holl bres yn yr un lle ac y câi yntau'r jacpot – €100, €200 hyd yn oed – a chael diflannu'n syth. Dechreuodd amau a oedd rhywun yn rhywle yn cyflenwi'r bobl hyn iddo, gan mor hawdd y gwaith heddiw.

Ar ei ffordd i'r toiledau, digwyddodd fynd heibio'r ddynes liwgar ddioglyd, ac fel erioed roedd hi'n syllu arno. Heibio'r ddynes las lipa wedyn a'i chapan am ei phen, a hithau'n llygadrythu. Yna, cyn gallu cyrraedd y toiled, roedd yn rhaid mynd drwy stafell y Meninas. Yn anferth ar y cynfas syllai'r ferch, yr *infanta* grotésg, yn gyhuddgar arno. Allai hi ddim bod fawr ieuengach nag ef ei hun. I'r chwith iddi safai Picasso Velazquez ei hun, yn fawr ac yn rhwysgfawr a'i frwsh yn ei law, yn barod i beintio llun o'r lleidr ifanc Tomàs. Roedd hyd yn oed y silwét diwyneb wedi sefyll yn stond yn y drws, gallai ddweud, i edrych arno a syllu arno a'i gyhuddo â'i lygaid dall. Trodd y bachgen a gweld y cynfasau dirifedi, oll â'r un grŵp neu amrywiadau o'r grŵp wedi'u trefnu'n wahanol ac mewn lliwiau gwahanol, i gyd yn syllu arno fel amrywiol ddrychiolaethau, wedi'u hanffurfio, a'u llygaid dros bob man ond i gyd yn syllu, yn llygadrythu arno ac yn ei gyhuddo. Allai o ddim dioddef eu syllu, ac aeth i banig. Yn ei fraw, penderfynodd: byddai'n rhedeg heibio iddynt, i'r lle chwech ac yn gollwng y pwrs yn y bin. Byddai'n gadael yr amgueddfa, byddai'n rhedeg allan nerth ei draed a fyddai o ddim yn dod yn ei ôl. Byddai Paris yn angof, a Guernica'n ddim ond amlinell o geffyl yn ei ben. Mi âi i lawr at y porthladd, at Pol, i weld tybed a fyddai yna waith yno iddo, yn glanhau efallai neu'n brwsio. Neu âi at gwfaint y lleianod ar gyrion y ddinas i weld a fedren nhwythau ddod o hyd i le iddo mewn ysgol, iddo gael dysgu, iddo gael dod o hyd i waith, iddo gael camu ymhen blynyddoedd maith ar drên i Baris a pheidio byth â dod yn ei ôl yma, fel y gwnaeth Picasso. Rhedai heibio i'r hen furiau Rhufeinig, allan trwy borth yr hen dref, ac nid edrychai fyth o'i ôl. Doedd hi ddim eto'n rhy hwyr i wneud hynny.

Trodd oddi wrth y myrdd llygaid tua'r drws, ac yn y drws gwelai ddau silwét, yn union fel y siâp yn nrws y Meninas, yn aros amdano.

Chwarddodd y swyddog wrtho'i hun. Roedd y cyfan mor chwerthinllyd o ragweladwy, rywsut. Fel petai wedi'i ragordeinio. Gwelodd y panig, y siom, a'r ildio yn llygaid y bachgen. Gwyliodd y ddau giard yn gafael ynddo gerfydd ei ysgwyddau eiddil a'i arwain o sgrin i sgrin, o ffrâm i ffrâm, nes iddyn nhw ddiflannu o olwg y camerâu. Yn y ffrâm olaf cyn iddynt ddiflannu, tybiai iddo synhwyro golwg rhyw gyfansoddiad clasurol i'r tri: y naill swyddog a'r llall â llaw yr un ar ysgwydd y bachgen, ac yntau wedi troi'i ben i syllu ar un o'r dwylo hynny bron fel pe na bai'n gallu credu ei fod o'r diwedd wedi cael ei ddal, bod rhywun yn ei gyffwrdd yn hytrach na dim ond edrych arno: arddodiad dwylo.

Ymhen ychydig eiliadau, byddai'r tri yn cyrraedd swyddfa'r swyddog yntau: tri silwét yn ei ddrws. Ac erbyn hynny, byddai yntau wedi gwneud ei benderfyniad. Pe dôi'r bachgen yn ei ôl drachefn, yna'n syth ag o at yr heddlu. Ond y tro hwn, câi fynd yn rhydd. Pwy a wyddai, efallai y byddai hwn yn cyrraedd y Rue des Grands-Augustins, lle nad oedd y swyddog erioed wedi bod.

Arallgyfeiriad y Dolphyn

M I FYDDA I'N tueddu i gysylltu Bro Morgannwg yn bennaf ag arogl mwg. Yn nyddiau cynnar perthynas L. a minnau, achubem yn gyson ar gyfleoedd, yn ystod y gaeaf neu fisoedd ifanc y flwyddyn, Chwefror a Mawrth a'r dyddiau'n glir ac oer, i fynd i gerdded hyd yr arfordir a'i haenau o greigiau fel toes. Heibio i'r ffatrïoedd mawrion a Sain Tathan, a'u mwg arbennig eu hunain, mae modd cyrraedd mwg mwy dymunol, y mwg mae rhywun yn ei gysylltu â thoeau gwellt, waliau calchog trwchus, a'r awydd i gysgu ar ôl peint a phryd trwm wedi'r cerdded. Dyma'r mwg roedden ni'n arfer cario'i arogl 'nôl efo ni ar ein cotiau i ganol mwg gwahanol y ddinas, y mwg fyddai'n ein cymell ni'n ôl ar hyd yr wythnos a ninnau'n fud yn nhresi gwaith neu gwsg.

Bron yn ddi-ffael, mi fyddai'n dywyll cyn inni ei throi am adref o'r teithiau hyn. Yng ngwacter oer a throellog y Fro yn y nos roedd fel pe bai pob golau yn fwy o olau, a'r disgleirdeb yn dwysáu yn erbyn y tywyllwch dyfnach. Pan gaewn fy llygaid wedyn yn fy ngwely dinesig, mi allwn weld goleuadau cochion y mastiau teledu yn y caeau fel pe baen nhw'n trio fy hudo i'n f'ôl.

Ac eistedd yr oedd L. a finnau yn y Plough and Harrow yn yr As Fawr, yn aros ein bwyd, pan sylwon ni ar y lampau neu'r lanterni a hongiai oddeutu'r lle tân mawr. Roedden nhw wedi'u gwneud o ddur tenau neu gopr budr, a'r gwydr yn y lamp ar y dde yn wyrdd ac ar y chwith yn goch. Dyma holi L. am y rhain, a wyddai hi oedden nhw'n rhai 'gwreiddiol' neu be fuon nhw o ddefnydd unwaith. Dywedodd hithau fod ganddi ffrind yn byw yn y Wig a chanddo dad oedd yn llawn o hanesion yr hen arferion morwrol yma drwy'r sir. Roedd o wedi sôn wrth L. am drigolion lleol fyddai'n arfer defnyddio lampau tebyg iawn i'r rhain gan eu cludo i ben y clogwyni, eu cynnau ac yna'u clymu am yddfau eu da, cyn arwain y gwartheg ar hyd y llwybrau. Bydden nhw'n gwneud hyn er mwyn ceisio twyllo'r llongau allan ar y culfor, gan eu hudo a'u cymell i'w tranc ar y creigiau, a'u hysbeilio.

Un o nodweddion y Plough and Harrow ydi'r diffyg lle, a'r byrddau derw praff rywsut yn rhy fawr i'r stafell, a chan ei bod hi'n dafarn gymdeithas go iawn, mae hi bron bob amser yn llawn gan drigolion a ffermwyr lleol wedi taro i mewn am lymaid. Ar y meinciau, a'ch cefn yn erbyn y wal, os ydach chi'n lwcus fe'ch cewch eich hun yn ymwasgu i mewn ac yn cael rhannu bwrdd â'r bwytwrs a'r yfwrs eraill.

Roedden ni'n dau wedi glanio wrth fwrdd cornel wrth y tân yng nghwmni tri dyn: y cynta oddeutu'i bedwardegau cynnar, yn gadarn o gorff a'i groen yn frown a gwydn dan wallt tywyll, byr oedd yn britho wrth ei arlais, a llewys ei grys siec wedi'u torchi. Roedd yr ail yn eistedd yn y canol ac yn hawlio'i le wrth y bwrdd a'i fol nid bychan yn ymwthio o'i flaen drwy'i grys rygbi. Roedd ganddo fwstásh llwyd, trwm a hongiai uwch ei geg, mwstásh o fath na allwn innau ond breuddwydio am ei dyfu, ac ar ei ben roedd cudynnau o wallt wedi'u cribo ar draws ei gorun.

Roedd y trydydd gŵr yn eistedd yn y gornel, fymryn ar wahân i'r lleill, ac yn llawer mwy tawedog. Roedd ganddo yntau wallt hir, gwyn bron hyd at ei sgwyddau, a blewiach byr melynwyn hyd ei wyneb gwelw, esgyrnog. Gwasgod agored a hen grys cotwm, melynwyn fel ei flewiach, a wisgai yntau, ond roedd o'n llawer mwy musgrell na'r ddau arall, bron fel pe bai ei wraig wedi prynu dillad iddo a'r rheini'n rhy fawr. Gwenodd y tri arnom a pharhau â'u seiat, a ninnau'n teimlo braidd ein bod ni wedi torri ar eu traws ynghanol sgwrs daer am ragoriaethau a ffaeleddau olwyr tîm rygbi Cymru. Felly dyma gadw led braich oddi wrth ein gilydd i ddechrau.

Ond ymhen hir a hwyr dyma nhw'n ein llygadu ac yn gweld nad oedden ni'n bobl leol. Wrth i'n platiau ni gael eu cario i ffwrdd, y gŵr boliog â sglein yn ei lygad ddechreuodd drwy ofyn i L. oedd hi wedi mwynhau ei phwdin. A'r dyn fengach yn chwerthin a'i geryddu am ofyn rhywbeth mor hy ac mor blaen. Ond doedd L. yn hidio dim, chwarae teg, ac fe fu hithau'n ddigon powld yn ôl â nhw. A thrwy hynny o gellwair, buan y trodd y dychan tuag ata innau, ac L. wrth ei bodd bellach wrth iddyn nhw fy holi'n dwll a thynnu arnaf, wedi fy nabod yn syth fel rhyw adyn sbectolog o'r ddinas a oedd yn byw mewn byd hollol wahanol i'w hun hwy ac a oedd, felly, yn ysglyfaeth deg a pharod, a gofyn yn gellweirus tybed a oeddwn i'n perthyn i Dylan Thomas.

Yn rhannol er mwyn eu tynnu oddi ar y trywydd, ac yn rhannol oherwydd 'mod i wedi hanner gobeithio cael cyfle fel hwn, mentrais innau ofyn iddynt oedden nhw wedi clywed unrhyw beth erioed am ŵr o'r enw Colyn Dolphyn. On'd oeddwn i wedi dod ar draws cerdd amdano fo, wedi'i chyfansoddi mewn tribannau, mewn hen lyfr llychlyd a llaith yn y llyfrgell, ac wedi'i chopïo'n frysiog? Cerdd oedd hi yn llawn llithriadau bychain a rhannau lletchwith o ran y sillafu, y ramadeg a'r mydr, oedd yn gwneud i mi feddwl bod hanes go faith a difyr i'r gerdd. Dyma ymbalfalu yn fy mhoced ac estyn y gerdd, wedi'i chopïo ar ddarn blêr o bapur sgrap a hwnnw wedi'i blygu'n aml, cyn tynnu ei lun ar fy ffôn.

Roedd clustiau'r dynion wedi'u moeli ers i mi grybwyll enw Colyn, a'r tri wedi sythu ar y fainc. Cipiodd y mwstásh yn y canol fy ffôn a dechrau darllen. Syrthiodd ei wedd – 'Mae hwn yn Gymraeg,' meddai. Ydi, meddwn innau, ond dyma hi i chi gael ei gweld hi p'run bynnag.

Rhowch glust i mi a'm canu,
mae stori gen i i'w rhannu,
am ŵr fu'n hwylio yma a thraw –
o Lydaw'r oedd yn hanu.

Ei enw ydoedd Colyn,
ond gelwid ef yn Dolphyn,
cans fel llamhidydd, llithrai ffwrdd
cyn dod i'ch cyfwrdd wedyn.

O'i geisio dan hwylbrenni
aeth llawer un i dr'eni;
roedd sôn a siarad am y gŵr
o Ogwr i Ewenni.

Fe wnâi – a phwy fai'n synnu? –
i Hywel Dafydd grynu:
dychrynai Harri Morgan hy,
a Barti Ddu, 'ran hynny.

'Doedd arno ofn eneidiau
na phlant na mam na thadau
ond Mallt y Nos, a'i chŵn bob hwyr
yn cribo drwy'r cymylau.

Ar unrhyw noson serog
roedd Colyn ddrwg yn chwannog
i chwilio'r don rhwng llanw a thrai
am longau – rhai trymlwythog.

Ac weithiau, byddai'n lwcus
o gael fod llong anffodus
ger craig y Pyrod a'i hwyliau i lawr,
a'r Gwter Fawr yn stormus.

Fel sêr, neu fel rhyw seiren
yn canu uwch Ogof Dwynwen
fe hudai hwn bob llong i'w thranc
a'i dryllio ar fanc bae Dwnrhe'n.

Mor gyfrwys, gyda'r gorau,
drwy'u galw hwy â'r golau
fe fedrai ddenu'r llongau i gyd
fel lleuad hud i'w warchae.

Efe reolai'r cyfan
o Ogofâu Tresilian
i Ogo'r Cadno. 'Sbeiliai o
drwy'r fro, hyd Fae'r Darogan.

Ond unwaith, dan daranau
ac wylo'r holl gymylau
aeth Colyn Dolphyn yn rhy bell
a'r draethell a'i 'sbeiliodd yntau.

Ei ferch oedd yn dychwelyd
i lannau gwyn ei h'ienctyd,
mewn llong hen farsiandïwr braf
a hithau'n haf ei mebyd,

a'i bwriad hithau ydoedd,
'rôl dychwel i'r hen diroedd,
gael rhoi o'i chyfoeth a'i hystad
i'w thad, a rhannu'r cannoedd.

Ond O! 'rhen ŵr direidus
yn ôl ei arfer medrus
gynheuai fflamau ar y graig
fel draig o'i ffau dwyllodrus.

Dynesai'r llong, nes toddi
i'r graig, a'i rhwygo dani,
a dyna'r modd y denodd dyn
ei ferch ei hun i'w boddi.

Ac roedd goleuni gwawrddydd
yn mentro dros y rhosydd
cyn sylweddolodd yntau'i fai –
mi waedai'r hen lamhidydd.

O peidied neb â synnu
fod rhai o hyd sy'n mynnu
mai rhegi a wna'r môr, gan wg
y lleidr drwg ers hynny.

A dyma gynnig i'r dynion y medrwn i roi rhyw fras gyfieithiad iddyn nhw o'r stori yn y gerdd.

'Dim angen, dim angen o gwbl, bachan,' atebodd y boi yn y canol yn jarff i gyd, gan gynhesu at ei destun a mwytho'i wydr peint. Cyflwynodd ei hun inni fel Jeff, ac egluro nad oedd rhaid dweud wrtho yntau beth oedd hanes Colyn Dolphyn – on'd oedd yntau wedi dysgu'r hanes i genedlaethau o blant yn yr ysgol leol cyn iddo ymddeol?

Heb fwy o ragymadrodd na hynny, felly, a heb i ninnau ofyn iddo wneud, dechreuodd yntau adrodd ei stori, a dyma hi wedi'i chyfieithu, achos er mai yn Saesneg roedd hi, roedd yna flas Cymraeg ar ei dweud.

Stori Jeff

'Gadewch i mi ddweud wrthoch chi am dranc Colyn Dolphyn, môr-leidr o Lydaw a wnaeth nyth iddo'i hun ar Ynys Wair, 'nôl ymhell ynghanol y bymthegfed ganrif. O'r fan honno fe fyddai'n ysbeilio yma a thraw ac i fyny a lawr ar hyd Môr Hafren i gyd. Fe o'dd berchen ar y patshyn hwnnw o fôr, medden nhw, er ei fod e'n gwybod nad o'dd y môr yn perthyn i neb ond i'r môr ei hun. Mab llwyn a pherth oedd Colyn, ond nid unrhyw fab llwyn a pherth: ro'dd e'n fab i neb llai na brenin Ffrainc. Ond do'dd y brenin ddim wedi gwneud cymaint â'i arddel – yn wir, ro'dd e wedi sicrhau bod y mab, a'i fam druan i'w ganlyn, yn cael eu hanfon i bellafion Llydaw fel eu bod nhw'n ddigon pell allan o'r ffordd. Ond ro'dd trigolion Penn ar Bed wedi cael achlust o'r hanes, ac wedi tadogi'r cyfenw Dolphyn, neu Dauphin, arno, gan mai dyna'r enw ro'dd pobl yn arfer ei roi ar etifedd y goron.

'Am Colyn ei hun, do'dd ganddo ddim affliw o ddiddordeb mewn hawlio'i fraint, ac ar y cyfle cynta gafodd e'n dair ar ddeg oed fe ddihangodd i'r môr. Ond ro'dd e wedi etifeddu maintioli corfforol a chyflymdra ymenyddol y gwaed brenhinol, a dywedid ei fod e'n sefyll ben ac ysgwydd uwch ei griw pan ddaeth, maes o law, yn gapten ar ei long ei hun, *Gwennol y Môr*. Fe fydde nifer o'r trigolion truain wedi dweud wrthoch chi y bydde'n rheitiach o lawer arnyn nhw pe bai ynte wedi etifeddu coron Ffrainc, gan y bydde wedi achosi cryn dipyn yn llai o boendod a thrallod i'r rhan fwyaf o drigolion y gwledydd hynny, fel brenin-filwr pell yn nyddiau ola'r Rhyfel Can Mlynedd, nag a wnaeth e wrth ysbeilio Cernyw a Chymru benbaladr. Do'dd gan hwn ddim llawer o gydymdeimlad â'i gyd-Geltied.

'Ond fe flinodd Colyn a chriw'r *Wennol* ar ysbeilio trysor holl lannau'r wlad, ac yn ei ddyfeisgarwch fe benderfynodd y capten ymosod yn hytrach ar long y *St Barbe*, gan wybod yn iawn mai'i chapten oedd un Syr Harri Stradling, mab ac etifedd teulu adnabyddus Stradlingiaid Sain Dunwyd.

'Dyma ddala Harri, a rhoi pridwerth uchel arno fe, ac fe fu e'n garcharor ar fwrdd y llong am ddwy flynedd nes i'w deulu, trwy werthu cryn gyfran o'u stadau, lwyddo i dalu'r pris a sicrhau ei ryddhad. Ond ro'dd rhaid i'r hen Harri gael ei ddial, felly dyma fe'n adeiladu tŵr gwylio uwchben y bae, gan aros am y *Wennol* – ac aros ei gyfle. Wel, yn reit siŵr, fu dim rhaid iddo aros yn hir, ac fel un o'dd wedi'i fagu yn yr ardal, ro'dd e'n gwybod yn dda, wrth gwrs, am grefft y lampe a'r lanterni.'

A dyna L. a minnau'n gwenu ar ein gilydd, a dod i ddeall yn ddiweddarach mai'r term Cymraeg am y grefft hon ydi 'wreca', gair sydd i mi fel petai'n crynhoi holl naws y Wenhwyseg, yn fenthyciad amlwg o'r Saesneg ac eto'n gyfan gwbl Gymreig. Beth, tybed, sy'n gwneud i bobl gael eu denu at y cysur hwn sydd i'w gael yn y ffug, y twyllodrus, yr afreal? Dyma fi'n meddwl: pe baech chi'n dangos y lantern fach honno i unrhyw forwr profiadol tra oedd â'i draed ar dir sych, mi allai ddweud wrthoch chi'n syth: 'ffug-olau ydi hwnna, golau cannwyll mewn lantern, nid cydymaith yn siglo'n ddiddos ar y don.' Ond mae taran a gwynt a chwip yr hwyl a'r nos ddudew yn gallu gwneud pethau rhyfedd i'r meddwl, a bryd hynny, meddyliais, digon naturiol mae'n siŵr fyddai gweld golau egwan o'r fath a'i gael y golau mwyaf cysurlon a llawn rhyddhad a fu erioed. Mewn tywydd felly, mor hawdd yw eich argyhoeddi'ch hun. Pan fydd popeth o'ch cwmpas chi yn ofn ac yn fraw, mor gysurus y gall anwybyddu'r gwir fod ac ymroi i gelwydd.

'Dychmygwch!' meddai Jeff ar draws fy myfyrdodau wrth ddisgrifio'r bobl hynny, ac yntau wedi mynd i hwyl go ddramatig bellach a'i freichiau'n chwifio nes bron â tharo'r henwr hirwalltog druan oddi ar y fainc. 'Dychmygwch: bechgyn a merched yn mynd ati i gonsurio sêr o'r newydd o dan y sêr, yn eu hanfon ar wib hyd gopaon y glannau, a'r morwyr truain yn erbyn eu hewyllys ac yn erbyn pob cynneddf a synnwyr morwrol o'dd ganddyn nhw yn cael eu denu tuag atyn nhw. Chi'n gallu deall wedi 'ny, on'd ych chi, ffordd caiff gwyfyn ei atynnu tua'r fflam, at yr hyn sy'n gynhaliaeth ac eto'n dranc. Allwch chi feddwl am ffordd fwy prydferth o farw yn y byd i gyd?

'A dyna'n wir sut da'th criw *Gwennol y Môr* i gwrdd â'u creawdwr, wrth i Harri, o'dd wedi dysgu crefft y lanterni gan ddeiliaid ei dad, gynne'r ffagle a'r fflame ar y tŵr er mwyn hudo'r môr-ladron i'w tranc. Ond rwy'n siŵr y bydde Colyn wedi dewis y farwoleth 'ny o ystyried beth o'dd o'i fla'n e. Chi'n gweld, rywsut, fe oroesodd e'r drylliad, y ci cyfrw's ag e, ond fe gafodd e'i ddala, a'i goese a'i freichie wedi'u torri ar y creigia, i lawr ar y traeth ym Mae Col-Huw. A beth na'th Harri, y diawl pwdwr? Ei gladdu e, hyd at ei sgwydde, yn nhywod trwm a gwlyb y bae. Alli di ddychmygu shwt beth? Gwylio dy farwoleth dy hun yn dynesu'n araf fesul ton 'da'r llanw, cyn llifo'n ddistaw i dy geg, dy ffroene, dy glustie, cymysgu'n hallt â halltineb dy ddagre, a chyfannu drachefn dros dy ben. On'd odw i newydd fod yn gweud wrthoch chi am y ffordd brydfertha'n fyw o farw? Wel, co hi i chi nawr: y ffordd fwyaf erchyll bosib o gyfarfod ag ange gawr.'

Tawodd Jeff, ac roedd pawb arall yn ddistaw hefyd.

Syllodd yr henwr hirwalltog yn swil ar ei beint, fel petai'n ceisio osgoi'n golygon; ond gwenai'n dawel hefyd. Dyna pryd sylwais i gynta, mi gredaf, fod gweddill y stafell wedi tawelu gryn dipyn, a'r yfwyr wrth y byrddau nesaf atom wedi dechrau clustfeinio a phwyso'n nes i gael clywed y stori'n well. Ond yna, mwya sydyn, torrodd yr ieuengaf o'r tri – dyn o'r enw Phil – i chwerthin yn afreolus. 'Ti wedi'i cha'l hi'n gwbl rong!'

'Beth? Shwt?' holodd Jeff wedi'i sarhau, a'i fwstásh yn dawnsio.

'Ti'n meddwl bydde Harri Stradling yn matsh i Colyn ni?'

'Beth sydd arnot ti, grwt? *Fi* ddysgws y stori 'na i ti pan o't ti'n dal yn dy siorts yn yr ysgol! Nagw i mor hen â 'ny, chi'n gwbod.' Brysiodd i egluro er ein lles ni'n dau: 'Ro'dd e yn y dosbarth cynta ddysgas i riôd.'

'Ie, a do'dd 'da fi mo'r gyts pryd 'ny i weud wrthot ti. Nawr cera i fynnyd peint arall o wherw i fi a weda i wrthot ti shwt clywes i'r stori 'da'n fam-gu i.'

Diwygiad Phil

'Nawr beth glywes i – a fel wedes i, Mam-gu o'dd yn arfer gweud y stori hon wrtho i pan o'n i'n grwt. O'dd Mam byth yn hapus, achos o'dd dim siawns bydden i'n cysgu wedi 'ny. Fydden i mas ar y môr 'da Colyn a'r criw! 'Na shwt glywes i hi o'dd fod Colyn yn feistr corn ar y wreca. Nawr fe soniodd Jeff am ei ddawn a'i ddyfeisgarwch e wrth ganfod ffyrdd newydd o hel ei gyfoeth, a sdim syndod felly ei fod ynta wedi dysgu holl dricia lanternog trigolion yr ardal, ond ei fod e wedyn wedi meistroli'r holl waith i'r fath radde nes rhoi'r bobl leol mas o fusnes. Fe gynullws e ryw fath ar fonopoli iddo'i 'unan a'i griw o'dd yn ymestyn rhwng Ogof Tresilian ac Ogof y Cadno. 'Na lle o'dd y creicia gora a'r bancia tywod mwya twyllodrus.

'Nawr, beth sy'n ddiddorol yw bod 'da Colyn fab, ac fel Colyn ei hun ro'dd e'n fab llwyn a pherth, yn gwment nag o'dd neb yn gwpod pwy o'dd ei fam e. Ond ro'dd Colyn yn benderfynol o fod yn well tad na'i dad ynta, a phrin bod y crwt mas o'i gewynne nag o'dd e'n fosyn ar y *Wennol* ac yn dringo i nyth y gigfran bob bore i gadw golwg mas, ac yn dysgu crefft ei dad.

'Ond ma raid bod rwpath am y gwa'd brenhinol nag o'dd modd dianc wrtho, oherwydd bu rhyw gweryl rhwng y tad a'r mab, a dihangodd y mab tua'r cyfandir eto, i chwilio am yr hen ladi ei fam-gu yn Llydaw. Difarws Colyn, a chwerwi a thristáu, ac fe a'th e'n ddibris yn ei waith. Ro'dd ei griw ar un adeg yn ddrwgenwog am eu llymdra a'u mileindra, ond fe gollws y rheini eu disgyblath, ac o dipyn i beth fe ballodd enw *Gwennol y Môr*, a hyd yn oed enw Colyn ei hun, â gyrru ias hyd warra trigolion y glanna, a'r porthladdoedd o Bortsmowth hyd Loch Garman yn Iwerddon.

'Fe ymgiliodd Colyn ei hunan tua'r tir, gan ennill ei fara bron yn gyfan gwbl, bellach, trwy wreca, a diflannodd ei griw fesul un ac un. Mor llwfr ganthon nhw o'dd y dull hwn o'i gymharu â hen ddyddia gogoneddus eu mordeithia! Dim ond un a arhosodd yn driw i'w hen gapten, sef Derwyn, cyn-ffwtmon Harri Stradling fel ma ddi'n dicwdd. 'Dewryn' o'dd rhai'n ei alw e.

'Ar noson glir a serog, ro'dd Colyn a'i gyfaill yn eistedd ar foncyn uwch Bae Dwn-rhefn, yn pendroni fydden nhw'n trafferthu â'r wreca ai peidio y nosweth 'ny. Chi'n gweld, o'dd yr holl fusnes yn tueddu i weithio'n well mewn niwl neu law, neu o leia pan o'dd hi'n wyntog, a'r llonge'n gallu ca'l eu gyrru oddi ar eu cwrs yn bur hawdd. Mantais noson glir, ar y llaw arall, oedd y galle goleuada'r lanterni gael eu gweld yn well, a cha'l eu camgymryd am sêr, hyd yn o'd os o'dd hi hefyd yn haws eu hosgoi nhw. Ro'dd Derwyn a'i fryd ar ddiflannu i'r dafarn agosaf ac ailafel ynddi y noson ganlynol, ond ro'dd rhyw dymer ryfedd ar Colyn y noson honno, ac ro'dd e'n benderfynol o ga'l wreca, doed a ddelo – ro'dd arno fe flys dryllio eneidie yn ogystal â llonge.

'Fel digwyddodd pethe, pwy o'dd wedi setlo ar y cyfnod cymharol dawel hwn o dywydd sefydlog i ddychwelyd o Ffrainc, ond mab Colyn ei hun. Ro'dd e wedi dod o hyd i'w fam-gu, hen wreigan eiddil mas mewn lle o'r enw Plogoff ar ben draw itha Penn ar Bed, ac wedi cael ganddi holl hanes torcalonnus dechreuadau'r Dolphyn. Ro'dd ei galon e, yn ôl y sôn, wedi meddalu yn y fan, a gallai ddeall o'r diwedd pam ro'dd ei dad e fel yr o'dd e. Felly ar yr arwydd cynta o dywydd ffafriol ro'dd y mab wedi dychwelyd yn falch i fro ei febyd, ac wedi codi baneri'i ystondard yn uchel a thalsyth ar fastiau'i long newydd i gyhoeddi'i ddychwel.

'Ond roedd y Dolphyn, y noson honno, yn ddall i bopeth ond rhwyg a distryw. Ro'dd e'n ysu am ga'l clywed sŵn styllod pren yn ca'l eu rhwygo gan ddannedd y graig, a llef isel anobeithiol y morwyr islaw. A'th ynta a Derwyn ati'n ddyfal i osod eu lanterni ar hyd erchwyn y graig, a gyrru eraill ar fynygle'r asynnod i fyny ac i lawr y llwybrau. A do, fel y mab afradlon ei hun, fe dynnwyd mab y Dolphyn yn bendifaddau sha thre, nes dryllio'i long a chwydu ei chargo gwerthfawr dros y tywod a'r creicia du.

'Alle Colyn a'i gyfaill ddim credu'u lwc. Do'n nhw eriôd wedi llwyddo cyn hawsed i ddenu llong ar y creicia, hyd yn oed mewn tywydd llawer mwy niwlog a stormus. Edrychodd Colyn ar Derwyn yn fuddugoliaethus, cystal â dweud mai ynta o'dd yn iawn ar hyd yr amser. Arhosodd y ddau tan ole cynta'r wawr cyn dringo i lawr y llwybr serth drwy hollt yn y creicia, i ddwyn yr hyn o'dd bellach yn eiddo iddyn nhw, cyn i'r trigolion cyfagos, fyddai wedi clywed y clindarddach a'r rhincian dannedd reit siŵr, ysbeilio'r cyfan. Ac yno, yng ngole cyntaf y bore bach ac wrth weld yr haul yn disgleirio ar fodrwya ei fab, sylweddolodd Colyn ei gam, ac fe dorrodd ei galon.'

Digon tawel oedd yr hen Jeff erbyn i Phil orffen ei stori. Roedd yr holl dafarn erbyn hyn yn gwrando, a hyd yn oed y ddynes y tu ôl i'r bar wedi dod i eistedd a chael clywed. Cododd ambell un wrth i Phil ddod i ben â'i hanes, a dyma Jeff hefyd ar ei draed yn ddigon swta, gan daro'r bwrdd â'i fol wrth wneud ac ysgwyd y gwydrau arno.

'Wel, dyna fe. Fersiwn hir iawn weden i. Jyst gwrando arni ddi'n hala syched arno i! Be chi moyn?'

Ac i ffwrdd ag yntau at y bar. Roedd y ffaith i Phil gael gwell gwrandawiad wedi tynnu'r gwynt o'i hwyliau braidd. Dal i wenu wnâi'r henwr yn swil yn ei gornel, a finnau heb allu cofio bellach a oeddwn i wedi'i glywed o'n siarad o gwbl ers inni ddod i mewn. Estynnodd L. drachefn am fy ffôn innau, oedd ar ganol y bwrdd, a darllen y gerdd yn ddistaw drwyddi â gwg.

'Aros funud,' protestiodd hithau, 'ma'r gerdd yma'n wahanol eto. Noson stormus oedd hi yn y gerdd. A does 'na'm sôn am fab! Merch sy fan hyn – merch Colyn.'

Daeth hyn â Jeff yn ôl o'r bar gan fytheirio mai hen rwtsh gan ryw ymchwilydd o bant oedd y gerdd, ac mai nhw'r bobl leol oedd yn gwybod y stori go iawn. Ond roedd gwên yr henwr yn y gornel yn lledu, a rhwng bytheirio Jeff ceisiais gael ganddo a wyddai yntau rywbeth am y stori hon.

'O, na,' ysgydwodd yntau ei ben. 'Na na.'

'Iyffach na,' ategodd Jeff. 'Paid â gadael i hwn i ddachre neu byddwn ni 'ma tan y bore. Ma ddi bron yn stop tap!'

Plannodd ei hun yn ôl rhwng y ddau arall, wrth i'r hen ŵr betruso, ac yna cymryd anadl i ddechrau siarad.

'Wel,' ac o glywed y wich honno o lais o'r gornel, tawelodd pawb drachefn yn syth; 'wel nawr, ych chi'n berffaith siŵr,' gofynnodd imi, 'taw merch nage mab sy yn y fersiwn weloch chi yn y llyfyr?'

Cywiriad yr henwr

'Achos chofia i ddim ble clywas i'r fersiwn hon; mae hi fel petawn i wedi ei nabod hi eriôd. Os adroddodd rhywun hi wrtha i, wel roedd hynny pan o'n i'n rhy ifanc i gofio; ond pe baech chi'n gofyn i mi, mi ddwedwn mai'r môr ei hun a'i llefarodd wrtha i.

'A glywsoch chi eriôd am Mallt y Nos? Rhyw fath o greadur annaearol, sy'n rhodio'r nos neu'r niwl yng nghwmni'r lleuad, ac os digwydd i chi ei chlywed, gwae chi. Ei gwaith hi yw taflu hud rhyfedd dros lygaid pobl nes peri iddyn nhw fynd ar ddisberod yn y niwl ar fôr ac ar fynydd. Ody gweithred felly'n swnio'n gyfarwydd i chi, chi sydd wedi bod yn sôn am Colyn a'i wreca drw'r nos?

'Wel, yn ôl y traddodiad, Mathilde yw'r enw – Ffrangeg wrth gwrs – roedd Colyn wedi penderfynu ei roi ar ei ferch. Do, cofiwch, fe gas Colyn ferch. Nid mab. Merch a chanddi wallt du fel y nos a llygaid glas fel y môr – sut galle hi fod fel arall? A sut galle Mathilde druan, a'i mam yn ei bedd ers nos ei geni, dyfu i fod yn unrhyw beth ond môr-leidr ei hunan?

'Nawr, credwch neu beidio, ro'dd cryn nifer o fôr-ladron benywaidd i'w ca'l, a Mathilde ymysg yr enwocaf ohonyn nhw – yn tynnu ar ôl ei thad. Ro'n nhw'n dweud amdani fod ganddi forwr ymhob porthladd, er na fyddai hi fyth yn ymelach dim o'r jawled o'dd yn aeloda o'i chriw ei hunan. Ro'dd hi'n broffesiynol dros ben yn hynny o beth. Ac nid rhyw gweryl twp a'i halws hi bant, ond llwyddiant. Chi'n meddwl bydde plant yn diflannu i ben arall y byd achos cweryl? Ma hen ddinon yn ffôl fel plant eildro, a'r plant eu hunen yn gwpod yn iawn i'w hanwybyddu nhw. Fydde hi ddim wedi diflannu fel'na dros gweryl. Na – ca'l ei halltudio gan ei thad na'th hi. Dim ond un person alle fod yn fôr-leidr mwy llwyddiannus na Colyn! A'i ferch ei hun o'dd honno. Alle fe ddim godde 'ny, ac alle fe ddim godde i'r criw a'r trigolion lleol ddod i ddeall hynny chwaith. Fe fydde fe'n laffing stoc. Felly, cenfigen Colyn na'th ei hala hi bant, fynte'n ei halltudio a'i gwahardd byth rhag cynnal ei thra'd hyd Fôr Hafren tra bywia ynta.

'Wel os o'dd ofn Colyn ar drigolion o Blymowth i Wiclo, ro'dd llond twll o ofan Mathilde ar roial gyfnyr y Bahamas ei hunan. Fe fuodd Mathilde a'i chriw yn ysbeilio yn y Caribî ac ar hyd arfordir y byd newydd – Cefnfor India, y Môr Coch, a hyd yn oed arfordir Affrica… Ro'dd un llwyth yn Mauritania wedi dachre'i haddoli ddi fel duwies. Fu dim llong fwy brawychus eriôd i hwylio'r naw ton: hyd nes iddi ddychwelyd heb rybudd, ac i Colyn, yn ddiarwybod iddo'i hun, ei hudo hi i'w thranc. Does neb a ŵyr pam y penderfynodd hi ddychwelyd. O'dd hi'n meddwl falle y bydde tymer ei thad wedi oeri ar ôl yr holl flynyddoedd? O'dd hi wedi dod 'nôl i rannu ei hysbail 'dag e, gan gredu y byddai hynny'n prynu ei gariad? O'dd hi'n feichiog ac arni angen ymgeledd oddi wrth y byd?

'Mae yna gred hyd y lle hwn fod merch fach wedi bod mas ar y clogwyni y noson honno, ac wedi gweld y llong yn anelu am y creicia. Fe ddwedodd y ferch fod y criw i gyd ar y dec, pob un ohonyn nhw'n amlwg yn feddw gocls. Ro'dd hi'n ddathliad mawr, a'r rwm mor heleth â dŵr môr, a rheini'n hwylio'n syth tuag at eu tranc heb y bripsyn lleia o ymwybyddieth. Ond… ro'dd rhywun wrth y llyw, menyw hirwalltog a rhubane'n chwifio'n amryliw o'i gwisg ac o'i het dri chornel. Wrth i'r llong shiglo, ro'dd hi'n sefyll yn gadarn ac yn gwbl lonydd – ac yn dal i lywio'r llong yn ei bla'n. Wedyn fe dda'th y llong i gysgod y graig ac fe gollws y ferch fach olwg ar y cyfan. Fe redws hi'n ôl ar garlam i godi'r pentre, ond 'na i gyd glywodd hi o'dd sŵn pren yn malurio'n sgythion.

'Lladdwd pob copa walltog, a da'th dim un corff i'r golwg.

Ond yf fi'n gwpod be ddigwyddws i Mathilde. Fe hwyliodd hi ar ei hunion i'r cymyla, a hi bellach yw Mallt y Nos.

'Y diweddglo 'na, Jeff, yr un wedest ti wrthon ni – y fersiwn sy'n cloi gyda Colyn druan wedi'i gladdu hyd at ei ysgwyddau, yn wylo ac yn ymbil am faddeuant wrth i'r llanw ddynesu, y fersiwn sy'n honni y gallwch chi o hyd, ar draetha'r Fro pan fydd y lleuad yn llawn, glywed ei wylofain e a'i gyhirath o glustfeinio ar y tonna. Myn 'unan, alla i ddim dychmygu 'ny: fe fydda fa wedi wynebu anga yn ddewr ac yn dawel. Do'dd dim ofn marw ar Colyn Dolphyn. Ond lladd ei ferch 'i hunan wedyn? Wy'n lico meddwl am y gri ymbilgar honno ar noson olau leuad fel cri o sylweddoliad, cri o alar, cyhirath byddarol dros y ferch ro'dd e wedi'i cholli, y ferch gas 'i halltudio gento i ben draw'r byd, ac yna'i galw ei hunan tua'i thranc, a chri felly a'i llond o ddagre pob rhiant sy'n ofni y bydd eu plentyn yn marw o'u bla'n nhw.

'A chi isia gwpod beth fi'n feddwl? Yf fi'n grediniol, yn argyhoeddedig, bod Mathilde yn gwpod yn gwmws beth o'dd hi'n neud... O'dd hi'n gwpod y bydde'i marwoleth hi yn artaith, yn ddial chwe mil gwaith gwa'th na dim ond 'i ladd e. O'dd 'da Harri Stradling ddim byd ar hon. Ac ma fe dal yn fyw 'eddi, o oty, 'rhen Colyn, yn ffaelu dianc rhag ei gydwybod, ac yn ca'l ei jaso, bob nos loercan ola leuad, gan Fallt y Nos – Mathilde! – yn rhetag ar ei ôl a drw'r cymyla, yn ei arwen ar gyfeiliorn ac yn ei hudo fa sha dibyn craig ei fod – heb fyth, fyth, fyth adal iddo fa ddryllio...'

Ac am y tro cyntaf y noson honno, torrodd yr hen ŵr allan i chwerthin yn afreolus a gwichlyd, nes ei fod yn ei hanner ac yn beswch i gyd.

*

A rhyw noson felly fu hi wedyn, a phawb yn meddwi, a'r straeon yn llithro dros gof fel craig o erchwyn clogwyn yn briwsioni i'r môr, a'r cwrw a'r seidr a'r wisgi brag yn llanw mawr ac yn nawfed ton.

A thrwy fwg a niwl y wisgi hwnnw'r ydw i'n credu imi gofio'r ffôn yn cael ei dynnu oddi arnaf, a'r hen ŵr meddw yn clirio'i wddf, ac yn cyhoeddi gerbron yr holl gwsmeriaid, mewn Cymraeg glân gloyw oedd yn drwm o galetu'r Wenhwyseg a'i 'a' fain, y gerdd yr oeddwn innau wedi'i chopïo o'r llyfr, ac yn cloi:

O peidied neb â synnu
fod rhai o hyd sy'n mynnu
mai rhegi a wna'r môr, gan wg
y lleidr drwg ers hynny.

A dim ond wrth glywed yr hen ddyn yn adrodd y dalltais innau drwy niwl fy meddwdod y rheswm dros letchwithdod cystrawennol y llinell olaf ond un honno. Roeddwn i wedi'i dallt hi! Y môr, gan wg – Morganwg! Cerdd onomastig oedd hi wedi'r cyfan. Chwarddodd Phil, mewn syndod neu ddifaterwch. Ond doedd Jeff ddim yn hapus â'r syniad o gwbl, yn flin ein bod ninnau'n meiddio dod yma i ddehongli eu chwedlau nhw'u hunain iddyn nhw. Ceisiodd Phil achub fy ngham, ac aeth yn ffrwgwd, a rhai trwm ydi byrddau'r Plough and Harrow pan fônt yn cael eu taflu o'r neilltu, ond trwy drugaredd llwyddodd L. i'm cymell allan drwy'r drws heb i neb sylwi ein bod wedi mynd.

Allan â ni, felly, o dywyllwch oren cynnes y dafarn i dywyllwch glaswyn miniog y nos. Croesi'r comin bach gwyrdd, heibio'r ceir wedi'u parcio blith draphlith ar ochr y ffordd, ac at arhosfan y bws – ac yna sefyll. A theimlo'r nos yn llonydd ar ôl holl rialtwch y dafarn a'r fflamau'n cilio'n araf o'n bochau. Roedden ni'n clywed y tawelwch yn tincial yn ein clustiau, ac roedd llond ysgyfaint o aer wedi crynhoi chwyrlïo'r cwrw a'r wisgi yn ein penglogau.

Doedd dim sŵn yn unlle, ond gallem weld yn y pellter oleuadau ceir uwchben y cloddiau yn arnofio heibio fel canhwyllau corff. Ar ôl i'r rheini basio, roedd hi'n llonydd eto. Ble'r oedd y bws? Edrychais eto ar yr amserlen ar fy ffôn. Roedd ddeuddeng munud yn hwyr bellach. Crynodd L. Disgleiriais fflachlamp y ffôn ar yr amserlen ar yr arhosfan ei hun – roedd honno'n un gwbl wahanol. Roeddwn i wedi lawrlwytho'r amserlen anghywir cyn cychwyn, ac roedd y bws olaf wedi hen adael am Lanilltud bum munud ar hugain yn ôl.

Wyddem ni ddim beth i'w wneud. Mwyaf sydyn doedd y syniad o fynd yn ôl i mewn i rwystro'r ffrwgwd a gofyn am lety am y noson ddim yn rhywbeth oedd yn apelio. Eisoes gallem ogleuo llwch a theimlo gwe pry cop mewn corneli; hen fasys tsieina, cŵn ar y silff ben tân a nialwch ym mhobman. Ond doedd gennym fawr o ddewis. Pum munud arall, meddwn, dim ond rhag ofn bod rhyw gawl wedi bod, ac y deuai bws gwyrthiol o rywle. Llonyddwch a thawelwch drachefn, a'r ffermdy yn y pellter bellach wedi diffodd goleuadau pob llofft.

Yn sydyn, dyma glywed sŵn pell fel sŵn ochenaid neu

riddfan tawel. Dechreuodd dyfu, fel tonnau môr wylofus yn dod yn nes ac yn nes. Yna distawodd, a diflannu. Ennyd arall o dawelwch... ac yna dychwelodd y griddfan yn uwch nag o'r blaen nes bron â throi'n sgrech. Fflach o olau o rywle – a sgrialodd y bws i'r golwg heibio i'r clawdd, yn canu'i gorn rhag ofn i rywun ddod i'w gwfwr.

Roedd y golau tu mewn i'r bws yn llachar, llachar ar ôl mwrllwch y dafarn a marweidd-dra nos cefn gwlad. A chyn pen dim wedyn daeth disgleirdeb goleuadau Llanilltud hefyd i'm sobri, a'r bws yn ein gollwng yn ddiseremoni yn yr orsaf drenau. Gyda'r posibilrwydd anorfod bellach o ddychwelyd i'r ddinas, diflannodd unrhyw amheuon oedd gen i ein bod ni am rai oriau wedi bod yn trigo yn yr arall fyd.

*

Dim ond y bore canlynol, a'm pen yn drwm, yr es ati i geisio dod o hyd i ragor ar y we am hanes Colyn Dolphyn. Rhyfeddol o brin oedd y deunydd y gallwn ei ganfod, ond dyma daro ar draws tudalen yn sôn am yr arfer o wreca ar hyd ac ar led y byd. Roedd deddf wedi'i phasio yn 1735, meddai'r awdur, yn gwahardd defnyddio ffugoleuadau i hudo llongau i'w tranc... ond doedd yr un enaid byw erioed wedi'i erlyn dan y ddeddf hon. Wir, wrth fynd yn fy mlaen a darllen rhagor, dysgais mai prin iawn yw'r dystiolaeth dros yr arfer hwn o gwbl, a'r consensws bellach ymhlith haneswyr yw nad oes sail hanesyddol o fath yn y byd i'r straeon. Sylweddolais yn ara' deg mai celwydd oedd y cyfan, a gwelais i ninnau hefyd fel y llongwyr dychmygol hynny gael ein denu gan brydferthwch fflam o stori at greigiau gau; hyd nes imi daro ar un dudalen oedd yn sôn rhyw dipyn am Mallt y Nos, a deall bod un traddodiad penodol yn ei disgrifio yn ymddangos i bobl yn rhith hen ŵr penwyn.

Cynfelyn yn Rhufain

Archifau OVRA, 1942

A DRODDIAD GAN *VALENTINA Martinelli [VM], uwch-dditectif OVRA [sef Heddlu Cudd yr Eidal neu* Organizzazione per la Vigilanza e la Repressione dell' Antifascismo*], rhanbarth REGOLA, Rhufain, ar gyfres o gyfweliadau ag 'Il Dente Azzurro' [DA]. Il Dente oedd awdur dwy erthygl yn y* L'Osservatore Romano, *papur newydd dyddiol y Fatican, ar 8 Medi a 6 Hydref 1942. Ei enw, yn ôl ei bapurau, oedd Glasddant Richards, enw CYMRAEG, sef iaith ryfedd a siaredir mewn rhai corneli o BRYDAIN ac yn enwedig yng NGHYMRU, rhanbarth bychan, di-nod o Ynysoedd Prydain. Atafaelwyd y diffynnydd ger y Campo de' Fiori, 8 Hydref 1942. Honnai mai myfyriwr ymchwil ydoedd, ar gyfnod yn chwilota archifau'r Fatican. Oherwydd dieithrwch ei enw i Eidalwyr, cafodd yr enw Il Dente Azzurro, sef cyfieithiad llythrennol o ddwy elfen ei enw cyntaf, gan rai o'i gyd-ymchwilwyr.*

Fe ddilyn yma adroddiad VM, ynghyd â'i thrawsgrifiad o rannau o'r cyfweliadau:

Dechreuais gyfweld â'r diffynnydd ddiwrnod ar ôl iddo gyrraedd y ddalfa, ar 9 Hydref 1942. Esboniodd ei fod yn y Fatican er mwyn ymchwilio i fywyd a gwaith Edmwnd Siôn, un o'r Gwrthddiwygwyr Cymreig, a'i fod wedi cyhoeddi rhywfaint o ffrwyth yr ymchwil yn y *L'Osservatore Romano*, papur newydd y Fatican. Yr oedd yr ysgrifau academaidd honedig 'hanesyddol' hyn wedi ennyn diddordeb ein darllenwyr oherwydd bod gennym le i amau nad oedd popeth yn yr erthyglau fel yr ymddangosai, a bod ynddynt wybodaeth a allai fod yn beryglus i ddiogelwch cenedlaethol yr Eidal oherwydd natur wrth-Ffasgaidd guddiedig eu cynnwys. Fy nhasg i oedd ceisio cael ganddo ddatgelu natur y cynnwys cudd hwn. Yr oedd yr Edmwnd Siôn hwn, yn ôl Il Dente Azzurro, yn un o nifer o Gymry Catholig a ffodd i'r cyfandir oherwydd yr erledigaeth a oedd yn gyffredin yng nghyfnodau teyrnasiad Elisabeth I ac Iago I ar Gatholigion yn dilyn y Diwygiad Protestannaidd yn Ynysoedd Prydain. Un o blwyf Llandwrog yn Sir Gaernarfon, ble bynnag y mae'r fan honno, ydoedd Edmwnd Siôn. Rhaid cyfaddef i mi gael cryn fwynhad yn sgwrsio ag Azzurro: gŵr deallus, a'r drafodaeth ddiwylliannol a chelfyddydol at fy nant. Cynhwysaf yma drawsgrifiad o ran o'r cyfweliad cyntaf.

VM: Yn y rhanbarth hwn, Cymru, y cafodd Edmwnd Siôn ei eni felly?

DA: Ie, oddeutu 1553, cyn derbyn ei addysg yng Nghaer-wynt ac yn ddiweddarach yng Ngholeg Corpus Christi, Rhydychen. Bu'n gymrawd yno am rai blynyddoedd wedyn; gellir olrhain ei enw ar y llyfrau cyn hwyred â 1576 —

VM: Signor Azzurro, os nad oes ots gennych, gwaredwch fi rhag y manylion dibwys.

DA: Purion. Wel ar ôl cyfnod yng Ngholeg Douai tua 1575, erbyn dechrau 1578 Edmwnd yw un o'r myfyrwyr cyntaf i ymrestru yng Ngholeg y Saeson, Rhufain, dan ofal y Rheithor newydd, Morys Clynnog.

VM: Cymro arall?

DA: Yn union. Ond mae ei gyfnod cyntaf yn Rhufain yn awgrymu mai tra gwahanol i'n syniad arferol ni o'r Gwrthddiwygwyr Cymreig oedd Edmwnd Siôn.

VM: Sut felly?

DA: Wel, mae sawl cofnod ar glawr o natur afrywiog ac aflednais rhai o breswylwyr Ysbyty'r Saeson, a'r Coleg yn ddiweddarach. Roeddwn i ac eraill wedi tueddu i gredu mai bai'r ffynonellau Saesneg, oherwydd eu natur elyniaethus at y Cymry, oedd eu bod wedi rhoi'r rhan fwyaf o'r bai ar hyn ar y Cymry truain: y chwarae cardiau, yr yfed, a'r mynych ymweliadau â phuteindai ym Monti ar y Via di Monserrato, yn agos at galon yr hen ymerodraeth.

Ond yn wir, y mae yna dri chofnod gwahanol, rhwng dechrau 1578 a chanol 1579, yn rhestru camau a gymerwyd i ddisgyblu Edmwnd. Yr un gwaethaf yw –

VM: Yr un gan Signor Henry Dykehead o Gaint?

DA: Ie – roedd e'n un o breswylwyr y coleg, ac fe sgrifennodd at awdurdodau'r Pab i gwyno ac amlygu iddo y fuchedd bechadurus yr oedd nifer o'r myfyrwyr yn ei dilyn.

VM: A fyddech chi cystal â dyfynnu'r llythyr at ddibenion ein cofnodion ni, Signor Azzurro?

DA:

(Yma dyfynnodd DA o'r testun hwn.)

I sawe hymme, namelie the villeyne Edmounde Johnne, thereaftere in the districte of Monti in convocatione and consultationne with no fewer then sixe of those fallen Magdalenes to whomme we are wont to employe the appellationne of Nychtingalles. I deigned welle to approache and to reproache hymme, he beinge however in his cuppes I could not entreate of hymme to take leave of these wommen of synne and in deed he woulde of his own desire and wylle have sette upon my personne in the most violent and unbecomynge manner, were yt not that a gentile of the citie by namme of Enrico Vaffanculo hadde

witnessed and interceded on my behalfe in this moste
hatefull and disturbynge episode. The mann is a bawdie
and rowdie rogue, and the designation of gentilemanne is
not his desert, far lesse the grace, dignitie and luxuries
habituallie afforded a man of God.

VM: Tipyn o gymeriad...

DA: Rwyf wedi cael cryn dipyn o hwyl yn ei gwmni. Ond doedd ei gyd-Gymry ddim yn rhy hoff ohono. Medd un cyfoeswr, Siôn Cain, amdano:

Edmwnd Sion, damnied sanau
y knav, boed anav, boed dau
i'r llwdwn llwyr dhrylliedic,
ac i'w giwed deued dic!

Ceisiais gyfeirio Azzurro at gyfnod diweddarach Edmwnd Siôn yn Rhufain – ar ôl iddo ymadael â'r Coleg mewn protest, ar ôl yr Iseldiroedd, Cynllwyn y Powdwr Gwn, y cyfnod yn Napoli gydag Owen Lewis... Dyma'i ymateb:

DA: Ie, dyma'r cyfnod yn ei fywyd y gwyddom fwyaf o ddigon amdano. Mae hynny oherwydd iddo ddechrau cadw dyddlyfr yn achlysurol rhwng 1608 ac 1612.

Erbyn 1608, mae'n preswylio gyda gosgordd Maffeo Barberini, gŵr a oedd eisoes yn ddylanwadol a grymus yn Rhufain, ac a ddeuai maes o law yn Bab dan yr enw Urban VIII. Ar y pryd roedd e'n gardinal ac yn offeiriad ar eglwys San Pietro in Montorio, ac roedd wedi dechrau ar y gwaith o adael ei ôl ar y ddinas trwy gyfrwng arfbais unigryw'r teulu: llun o dair gwenynen fawr dew.

VM: A – rwy'n siŵr 'mod i wedi gweld y rheini hyd y ddinas.

DA: O, maen nhw ymhobman! Unwaith dechreuwch chi sylwi arnyn nhw, dyna hi wedyn. Yn un o gofnodion cyntaf ei ddyddlyfrau mae Edmwnd yn tynnu'n sylw ni at hyn, trwy sôn fod Barberini 'wedi dechreu ymgymryt a gweith adeiladu mewn cyrion niferus o'r dhinas', ac mai ei fwriad drwy hynny oedd 'lledaenu a lledu y gwenyn hyn trwy gyfrwng peintiadae, darluniae a cherfiadae trwy Rufein benbaladyr'. 'Pob man yr ei Barberini, medh ynte, y gwenyn hyn hevyd a vydh yn arhosawl trwy gyvryngeu i artistweith', yw awgrym Edmwnd. Mae e hefyd yn awgrymu y dylai pob Cristion da ymbrysuro fel y gwenyn hyn, cyn ychwanegu 'nad drycbeth vydhei i rywrai o blith gwenyn Barberini ganvod eu phordh hyd laneu Lloecr rhyw dhydh'.

Nawr o'r hyn y gallwn ni ei ddeall, roedd bywyd yng nghartref Barberini yn fywiog ac yn foethus. Aeth e a'i frawd ati ag arddeliad i… fuddsoddi… ffortiwn y teulu, gan gynnull iddo'i hun gryn symiau a thrysorau, yn ogystal â chyfeillion mewn mynych uchelfannau. Yn ystod ei gyfnod yn preswylio gyda Barberini, mae'n eithaf saff y byddai Edmwnd wedi gweld ei siâr o nosweithiau mawreddog, helaeth ac afradlon o ddathlu ac o gymdeithasu. Posib iawn y byddai wedi cael cyfle i arfer ei hoffter o 'gymdeithasu' ymhellach â'r rhyw deg hefyd.

VM: Mae'n swnio fel petai gwenyn y Barberini wedi bod yn brysur mewn nifer o ffyrdd.

DA: Wel, felly roedd hi, mae'n debyg. Anodd i un fel fi a faged ynghanol Protestaniaeth a glaw stumogi'r fath beth.

VM: Ond dyw'r darlun hwn rywsut ddim yn gydnaws ag un digwyddiad penodol rydych chi'n ei nodi yn eich erthygl. Mae gen i ddiddordeb mawr yn hwn…

DA: Pa un?

VM: Ry'ch chi'n sôn amdano yn yr ail erthygl.

DA: A – y Caravaggio?

Un diwedydd yn Hydref 1609… yn digwydd taro heibio i Eglwys y Ffrancwyr yn Rhufain, Chiesa San Luigi dei Francesi. Mae'n sôn sut roedd hi eisoes yn tywyllu y tu allan, a dim ond mymryn o wawr o oleuni o rywle'n cael ei adlewyrchu yng ngherrig y stryd a'r gwynt yn dod i mewn oddi ar afon Tiber gerllaw ar noson 'dra hydrefawl'. Roedd un capel, y Contarelli, wedi'i addurno rai blynyddoedd yn ôl gan arlunydd ifanc hynod addawol.

Ie: '*La Vocazione di San Matteo*' – 'Galwad San Mathew'. On'd yw e'n llun gogoneddus? Fe es i i'w weld fy hun rai wythnosau'n ôl, wyddoch chi, fel rhan o'r ymchwil wrth gwrs.

Mi gofia' innau hefyd ei bod hi'n bwrw glaw – un o gawodydd cyntaf, mwyaf ffres yr hydref a'r haf ar adael y ddinas. Roedd y dafnau glaw budr a'r awyr lwyd wedi cydgynllwynio i droi'r dŵr claerlas yn ffynhonnau Piazza Navona a'r Fontana di Trevi, a baddon mawr y Terme de Caracalla ar y Piazza Farnese, yn frown. Ro'n i'n ymhyfrydu yn ffresni'r dafnau glaw ar ôl gorthrwm gwres yr haf, ond llwm a llwyd oedd wynebau pawb ddeuai i'm cyfwrdd, a'r trigolion i gyd fel pe baen nhw'n ceisio sgrialu i rywle o'r ffordd. Mor wahanol i ddisgleirdeb y lliwiau welais i fel pe baen nhw'n ymdarddu o'r tywyllwch, pan fu raid i minnau hefyd, yn y diwedd, chwilio lloches yn yr eglwys agosaf – ie, y Chiesa San Luigi dei Francesi. Y fath fflachiadau o liw a welais i yn fanno, y glas ar lawes un o'r chwaraewyr cardiau ynghanol yr holl lwyd a du a brown! Fel y ffynhonnau gleision hynny ynghanol y llwydni a'r llymder rydych chi a'ch tebyg wedi'i impio ar y ddinas hon.

Fyddai hi ddim yn weddus, am wn i, i rywun fel chi gael ei gweld mewn eglwys a chanddi gysylltiadau mor agos â'r Ffrancwyr?

VM: Felly o'r holl beintiadau yn yr eglwys, 'Galwad San Mathew' gafodd yr argraff ddyfnaf a mwyaf arhosol ar Edmwnd. Wnewch chi ddarllen y disgrifiad gwreiddiol imi?

DA: Gwnaf, yn llawen.

Sevais ineu yn stond a delwaidh yn y van. Yno yng ngoleu y ganhwyll y cevais ineu gip ar wawl duwioldeb i hun ym mheintiad a phurvieu a drychiolaetheu daearawl y darlunydh ievanc hwnn. Yn uchel yn y wal vwch peneu'r casclwyr trethi yn y darlun r oedh phenestr, ai phram wedi i gosod yn y vath vodh ag i atgopha dyn o groes Jessu; trwy y groes hono y tywynei bron yr unic oleuni yn yr holl dharlun. O dywyllwch dudew godreon y llun yr ymdardhei ac y deuei allan Jessu ei hunan ai ddiscybl anwyl Pedr; ac or cyscodion y galwei ynteu ar Vatthew. Pan weleis ineu y bys dioglyd hwnw yn ymgodi ac yn amneidiaw ar Vatthew, teimlwn mai attav vi vy hun yd oedh yn pwyntiaw, ac nid at nebawd arall; vi vy hun a vu yng nghannol y casclwyr trethi ar puteinieit, yn canvod or diwedd ac wedi hir ymaros gorph a llais Jessu yn galw arnav o gyscodion duav vy mywyd. Er ceissio ohonov lawer gweith, nis gallwn dynu vy llygeit na nghorph egwan oddi wrth y darlun am amser divessur, ac nid wyv yn gwbwl sicir nad ydyw vy eneit yn dal yno hyd y dydh hedhiw yn syllu ar y peintiad hwnw.

Dyna oedd un o'r cliwiau cyntaf i mi fod rhywbeth o'i le ar yr hanesion hyn. Bron na fyddai rhywun yn taeru bod yr Edmwnd hwn yn berson gwahanol i'r cyw fyfyriwr fu'n herio'r Saeson y tu allan i'r Coleg, neu'n crwydro'r Monti slawer dydd... Ceisiodd Azzurro awgrymu mai felly mae amser yn ein newid, ac nad yr un bobl ydym ni o un pen diwrnod i'r llall, heb sôn am flynyddoedd yn ddiweddarach. Haerodd mai dyna ddrwg y bywgraffiad: ceisio cyfannu yn lle cofiannu, creu darlun cyflawn o berson yn lle cyflwyno'r tameidiau bychain ag ydym ni: 'dafnau bach o lwch'.

Gofynnais i Azzurro felly pam y bu iddo ddewis canolbwyntio ar y darn penodol hwn o lwch, o blith holl brofiadau Edmwnd Siôn yn Rhufain. Ei ddamcaniaeth yntau oedd mai'r llun hwn a gymhellodd Edmwnd i weithredu, a'i fod wedi teimlo rhywbeth yn galw arno wrth ei weld. Gwelodd Edmwnd yr Iesu yn pwyntio ato yntau ac yn galw arno i achub ei wlad rhag dinistr Protestannaidd. Yn wir, yn ôl

Azzurro, roedd gan Siôn un weithred benodol mewn golwg. Cyndyn oedd Azzurro, fodd bynnag, i ddatgelu manylion y weithred, ac roedd ei fryd yn hytrach ar drafod estheteg darlun Caravaggio.

Ond yn sydyn, seiniodd y seirenau; roedd cyrch awyr ar droed dros y ddinas, un o'r cyntaf i ni eu profi ac arwydd fod y Cynghreiriaid yn dechrau troi eu golygon o ddifrif tuag at dir ein gwlad. Bu raid i mi ddychwelyd Azzurro i'w gell a cheisio ymgeledd yn y lloches danddaearol, ond adnewyddodd y bygythiad newydd hwn fy mhendantrwydd innau y byddwn dros y dyddiau nesaf yn llwyddo i gael ganddo'n llawn yr wybodaeth a ddeisyfwn.

CYFWELIAD 2

Ailafaelais yn y cyfweliad ag Azzurro ddeuddydd yn ddiweddarach, gan ddechrau drwy ei holi ymhellach am yr erthygl o'i eiddo, dyddiedig 6 Hydref yn y *L'Osservatore Romano*, y buom yn ei thrafod yn y cyfweliad cyntaf. Yn honno, yn syth ar ôl trafod peintiad Caravaggio, mae Azzurro'n troi at waith celf arall – drama o eiddo Shakespeare, sef *Cymbeline*. Nid hon yw un o rai mwyaf adnabyddus y bardd o Stratford, o bosib, ac o ddechrau ei darllen rai dyddiau yn ôl, hawdd deall na fyddai hi'n cael ei hystyried gyfuwch â *Macbeth*, neu hyd yn oed â *King Lear*, er mor debyg yw rhai elfennau o'r plot. Ceir ynddi, er enghraifft, frenin oedrannus, ffôl, yn herio'r byd – herio grym Rhufain yn yr achos hwn – ac yn diarddel ei ferch driw, ffyddlon cyn canfod mai hi oedd yn iawn wedi'r cyfan. Ond ei wraig ddieflig, y frenhines, a'i mab Cloten, yn hytrach na merch arall i'r brenin, sy'n ei arwain ar gyfeiliorn y tro hwn.

Pam felly y byddai gan Edmwnd Siôn gymaint o ddiddordeb yn *Cymbeline*? Yn un peth, mae gan Gymru ran ganolog yn y ddrama. Yno y mae meibion Cymbeline – Guiderius ac Arviragus – yn cael eu magu, ac yntau'n meddwl eu bod wedi marw. Ac yn nes ymlaen, mae'r wlad yn hafan i Innogen, eu chwaer, rhag drygioni'r llys. Mae Cymru yn y ddrama yn wrthbwynt i fyd twyllodrus a dichellgar y llys, sydd dan ddylanwad gwenwynig y frenhines. Eglurodd Azzurro wrthyf:

DA: Yn y ddrama hon, o holl wledydd Prydain, Cymru sy'n cadw ac yn amddiffyn yr hen ffordd o fyw, yr hen werthoedd… yr hen *ffydd*, os dymunwch chi. A phan ddaw lluoedd Rhufain a glanio ar yr Ynys ar ôl i Cymbeline wrthod talu gwrogaeth iddi – ymhle y mae hynny?

VM: … Milford Haven…

DA: Neu 'Aberdaugleddau', fel byddwn i ac Edmwnd yn ei alw.

VM: Cymru, mae'n siŵr?

DA: Cymru! Ac nid unrhyw hen borthladd chwaith, ond y porthladd lle glaniodd Harri Tudur – Harri VII – pan ddychwelodd i adennill ei goron. Welwch chi, mae cryn apêl i'r Cymro yn y ddrama hon, gan ei bod yn cyfeirio at ran ganolog y wlad mewn digwyddiadau mor ddiweddar, ond hefyd yn cyfeirio'n ôl at oes aur – oes Cymbeline, neu Cynfelyn, ei hun – cyn dyfodiad yr Eingl-Sacsoniaid; oes Frythonaidd. Ac roedd hynny'n apelio'n fawr at Edmwnd.

VM: Purdeb tras a hil. Gwreiddiau dilwgr y genedl. Posib y byddai Edmwnd wedi bod yn hapus i ymuno â ni'r Ffasgwyr yn yr Eidal pe bai'n fyw heddiw?

DA: Dim perygl Oherwydd roedd e, uwchlaw popeth, yn Gatholig ac roedd ei genedl a'i ffydd yn annatod glwm â'i gilydd ganddo. Yn union fel yn *Cymbeline*, roedd yna frenhines ddieflig – Elisabeth – yn bygwth yr undod hwnnw. Yn bygwth rhwygo Prydain, a Chymru gyda hi, ymaith unwaith ac am byth oddi wrth deulu'r wir ffydd, teulu Ewrop yn wir.

VM: Oedd Edmwnd yn credu o ddifrif mai Elisabeth oedd y frenhines ddrwg yn y ddrama?

DA: Yn fwy na hynny, roedd e'n credu bod y ddrama'n ddarn digamsyniol o dystiolaeth fod Shakespeare ei hun yn Babydd.

VM: Rwy'n gwybod bod Shakespeare yn aml yn defnyddio'r Eidal fel lleoliad i drafod pynciau llosg gwleidyddol ei wlad ei hun. Ond fyddai e hyd yn oed ddim yn mynd cyn belled â hyn, mewn drama wedi'i gosod ym Mhrydain Fawr o bobman?

DA: Roedd Elisabeth eisoes yn farw, cofiwch, a Iago frenin ar ei orsedd. Credai Edmwnd fod Shakespeare yn gobeithio perswadio Iago, trwy ei waith, i ddad-wneud Protestaniaeth Elisabeth a'i thad, a dychwelyd at yr hen ffydd. Lle'r oedd Cynllwyn y Powdwr Gwn wedi methu â'i dân gwyllt, eto gallai geiriau'r bardd-ddewin lwyddo.

Dyma lle dechreuais innau, eto, amau Azzurro mewn difrif. Yr oedd ei ddamcaniaethau a'i straeon a'i hanesion yn tyfu'n gynyddol i gyfeiriad ffantasi, a theimlwn ef yn hy am ddisgwyl y byddwn i'n credu hyn oll. Shakespeare yn Babydd, yn y lle cyntaf. Yn ail, y gred y byddai Edmwnd rywsut wedi gallu cael gafael ar gopi o'r ddrama ac yntau yn Rhufain. Fyddai yna ddim copïau mewn cylchrediad mor fuan, a byddai wedi bod yn beryg bywyd – a chostus ac ymdrechgar – iddo ddychwelyd i Lundain dim ond i'w gweld. Cynigiodd Azzurro, fodd bynnag, un posibilrwydd arall:

DA: Wel... ar ddarn o femrwn yng Ngholeg y Saeson, mae tri arysgrifiad hynod ddiddorol – y naill o 1585 wedi'i lofnodi gan 'Arthurus Stratfordus Wigomniensis', un arall o 1587 gan 'Shfordus Cestriensis', a'r olaf, o 1589, gan 'Gulielmus Clerkue Stratfordiensis'.

VM: Mae'ch diffiniad chi a minnau o 'ddiddorol' yn dra gwahanol i'w gilydd, rwy'n ofni...

DA: Ond mae'n wych! Wyddoch chi pam? Oherwydd y gellid – *gellid*, cofiwch chi – eu dehongli fel 'Cyd-wladwr Arthur o Stratford yn esgobaeth Caerwrangon', 'Sh(akespeare o Strat)ford yn esgobaeth Caer', a 'Gwilym Glerc o Stratford'.

Erbyn hyn yr oeddwn yn bur flin â'r gwron am wastraffu fy amser yn y fath fodd, ac er mor ddiwylliedig ydoedd fe'm temtiwyd i alw'n 'perswadwyr' i mewn gan mor bell yr oeddem bellach wedi troedio i dir ffantasi, nes nad oedd modd dirnad beth oedd yn wir a beth oedd yn gelwydd. Yr oedd Azzurro mewn difrif yn cynnig bod Shakespeare wedi dod i Rufain sawl gwaith, a'r tro olaf yn westai i Edmwnd Siôn ei hun yn 1611. Ei gred ef oedd fod Shakespeare wedi dod i breswylio gydag Edmwnd am gyfnod yng nghartref Barberini, ac mai dyna pryd yr oedd yntau wedi dangos y ddrama yr oedd yn gweithio arni i Edmwnd. Efallai ei fod hyd yn oed wedi cael cymorth Edmwnd gyda rhai o'r cyfeiriadau a'r disgrifiadau Cymreig.

Ond roedd fy amynedd yn brin, felly rhoddais wybod i'r dyn fy mod yn awyddus i wybod pam yn union y bu iddo roi cymaint o sylw i'r ddrama hon, oherwydd, yn y modd y dengys Brydain yn herio Rhufain a grym Ewrop gyfan, nad ydyw hi y ddrama fwyaf doeth i fod yn ysgrifennu amdani ar hyn o bryd.

DA: O, mi wn i yn iawn am eich 'hyn o bryd' chi – rwyf wedi'i weld fy hun yn ystod fy amser yma yn y Ddinas Dragwyddol. Rwy wedi gweld y torfeydd o Ffasgwyr Ifainc yn gorymdeithio hyd y strydoedd ac eiddgarwch ffug wedi'i blastro dros eu hwynebau ac ofn yn eu llygaid. Rwy wedi eu gweld yn eu rhengoedd trefnus ar y Palazzo Venezia a'u hancesi'n cyhwfan i gyfarch y Duce ar ei falconi. Rwy wedi gweld yr holl bantomeim o undod gwneud a gwladgarwch arwynebol, parêd arswydus eich Duce chi. Ac felly, Signora, i'r gwrthwyneb – rwy'n credu ei bod hi'r union ddrama i fod yn ei thrafod y dyddiau hyn.

VM: Ry'ch chi'n datgelu llawer gormod ohonoch eich hunan, Signor. Drama yw hon – onid yw'n amlwg? – am undod ac am fawredd Prydain, a siars iddi beidio â phlygu ei glin i na gwlad na Phab na phŵer na chyfandir ond iddi hi ei hun. Drama heriol, herfeiddiol yw hi:

>   A kind of conquest
> Caesar made here; but made not here his brag
> Of 'Came' and 'saw' and 'overcame:' with shame –
> That first that ever touch'd him – he was carried
> From off our coast; twice beaten [.]

Felly rydych chi'n meiddio dod yma, i Rufain, i ddyfynnu'r ddrama hon yn bropaganda haerllug o dan ein trwynau?

DA: Gwnewch a fynnoch ohoni. Mi wyddoch fy marn i am eich cyfundrefn chi. Ond y geiriau yn y ddrama? Geiriau'r frenhines ddrwg yw'r rhain – Elisabeth, os mynnwch chi – ac rwyf eisoes wedi egluro beth oedd teimladau Edmwnd yn ei chylch hithau! Ynghylch fy nheimladau i, yna dyw'r rheini ddim yma nac acw, oherwydd rhaid i mi'ch atgoffa mai gwestai yng ngwladwriaeth niwtral y Fatican wyf innau, nid yn yr Eidal Ffasgaidd, a bod gennyf felly rai hawliau i'm hamddiffyn.

VM: A gadewch i minnau'ch atgoffa chi mai yn y Campo de' Fiori, yn Rhufain ei hun, lle nad oedd gennych chi hawl yn y byd i fod, y'ch daliwyd chi, ac felly, Signor Azzurro, gwestai y Duce ydych chi ar hyn o bryd a neb arall.

DA: Wel, pwy all fy meio? Mae'r prydau bwyd, a'r gwin, sydd i'w cael ar derasau'r Campo de' Fiori gymaint yn fwy blasus na'r hyn mae ffreutur y Fatican yn ei gynnig. Mor sychlyd, mor hunanymwadol. Rhyngoch chi a fi, mi daerech mai Sistersiaid ydyn nhw...

Yna ceisiodd Azzurro newid ei diwn. Cyfaddefodd fod Cymbeline y ddrama yn gwrthod talu gwrogaeth i Rufain. Ond fe welodd Edmwnd Siôn Gatholig, yn ôl Azzurro, rywbeth arall yn y ddrama, sef y pris uchel mae'n rhaid i Cymbeline ei dalu am hynny.

Tynnais innau ei sylw at y ffaith mai byddin Cymbeline sy'n fuddugol pan lania'r Rhufeiniaid ym Mhrydain i geisio'i goresgyn, ac y gellid darllen hyn fel rhybudd ar goedd i'r Eidal na ddylem ni feiddio rhoi troed ar dir eu hynys. Protestiodd Azzurro fodd bynnag fod Shakespeare yn pwysleisio nad gwir filwyr yw'r milwyr sy'n cyrraedd Aberdaugleddau. Rhyw giwed afradlon a gwreng – cymeriadau fel Giacomo a'i debyg, dinasyddion amharchus Rhufain ei ddydd, yn pylu wrth ochr grym hen fyddinoedd Cesar. Cred Azzurro oedd mai beirniadu Rhufain ei gyfnod ei hun y mae Shakespeare yma – mai gwantan oedd ei thrigolion o'u cymharu â mawrion y gorffennol. Clodfori hen wareiddiad Rhufain y mae'r ddrama, meddai yntau.

Awgrymais innau yn bur gryf mai dyna'n union yr oedd Azzurro yn ceisio'i wneud hefyd; masgio'i feirniadaeth o'r weinyddiaeth bresennol mewn hen hanesion:

DA: Na, dydw i ddim yn ffansïo fy hun yn sylwebydd cyfoes o fath yn y byd. Hanesydd ydw i. Ond oherwydd medrusrwydd

Shakespeare – dyna'n union pam roedd Edmwnd wedi ffoli ar y ddrama. Ar yr wyneb, drama am fawredd a nerth Prydain yn wyneb holl luoedd Ewrop yw hon. Ond os darllenwch, os gwrandewch chi'n ofalus… er iddo ennill, mae Cynfelyn yn penderfynu talu gwrogaeth i Rufain p'run bynnag! Diwedd y gân yw ailorseddu awdurdod Rhufain – trwy heddwch – dros Brydain, ond bod Prydain wedi newid, ac wedi cael ei hatgoffa o'i hen werthoedd yn y cyfamser.

Rydw i'n grediniol mai dyna'r wers yr oedd Edmwnd yn dymuno i'w gyd-wladwyr ei chymryd o'r ddrama hon. Oni allwn ni i gyd, ymhob oes, ddysgu gan hanes?

VM: Rwy wedi clywed mai dyna'ch problem chi, Brydeinwyr – edrych yn ôl yn hiraethus at ryw orffennol gogoneddus nad yw erioed wedi bodoli mewn gwirionedd. Onid dyna fai mawr Shakespeare yma? Dyw'r ddrama ddim yn argyhoeddi, ddim yn dal dŵr. Nid Prydain y Brythoniaid yw ei *forte*.

DA: Prydain yn feddw ar nostalgia? Beth amdanoch chi'r Ffasgwyr a'ch 'Romanitas'? Onid ailgodi gogoniant Ymerodraeth Rhufain yn y dwthwn hwn yw prif amcan eich Mussolini chi?

Yma bu raid i mi roi gwers fer i Signor Azzurro ynghylch ein nodau a'n hamcanion ninnau fel Ffasgwyr. Nid ailgodi, ond defnyddio'r gorffennol fel seilwaith yr ydym ninnau wrth gwrs. Does dim oll a wnaeth y Rhufeiniaid a oedd mor ogoneddus â'r hyn sydd eto gennym ni yn yr arfaeth i'r Eidal. Cyfeiriais, fel enghraifft, at y Foro Romano ynghanol y ddinas. Er mor llawn yw edmygedd y Duce gwych o'n hynafiaid Rhufeinig, does ganddo chwaith ddim rhyw barchedig ofn ohonynt nes teimlo rheidrwydd i droi heddiw yn amgueddfa fyw i ddoe. Yn lle hynny, dyw hi'n ddim ganddo chwalu a malurio rhai adfeilion i wneud lle ar gyfer ei Via dei Fori Imperiali – y rhodfa ogoneddus honno sy'n torri trwy'r Fforwm, y rhodfa y daw yntau ar ei hyd yn ei ysblander pan enillwn ni'r rhyfel hwn, a bryd hynny fe wêl yr hen ymerawdwyr o'u beddi nad oedden nhw'n ddim o gymharu ag yntau.

Cyfeiriais hefyd at y Fatican ei hun, at Eglwys werthfawr Edmwnd. Oblegid yr eiliad hon, mae'r gweithwyr gogoneddus yn clirio llwybr o gastell Sant Angelo at droed cadeirlan San Pedr ei hun. Ac nid y groes a fydd yn addurno'r rhodfa honno chwaith ond y *Fascio*, y bwndeli ffyn sy'n arwyddnod i'n chwyldro gogoneddus ni. Trwy hynny dangosais yn glir i Azzurro nad ydym ni mor ddarostyngedig i'r gorffennol ag ydyw'r Prydeinwyr. *Futurismo*: dyna sail Ffasgaeth. Cofleidio'r dyfodol.

DA: Mynych y cerddais i hyd strydoedd y ddinas a gweld â'm llygad fy hun beth mae'ch *Futurismo* chi'n ei wneud iddi. Anrheithio'i heglwysi ac ysbeilio'i hamgueddfeydd, a gwerthu'ch gweithiau celf i'r Natsïaid am gnegwerth. Dinistrio'i themlau a'i thwneli a'i phalasau – y Ddinas Dragwyddol! – i greu rhyw fwlefard concrid i'ch Dug mawr gael dangos ei hun ar hyd-ddo. A'r *Fasces* bondigrybwyll wedi'i gerfio ar bob cornel yn lle hen dduwiau'r Rhufeiniaid.

VM: Mor ddelfrydyddol ramantaidd yw eich cysyniad o'r gorffennol, Signor. Eich annwyl Barberini chithau, pan ddaeth yn Bab Urban VIII, oni fartsiodd yntau yn syth draw i'r Pantheon, dwyn holl efydd portico'r deml ysblennydd honno a'i doddi er mwyn i Bernini gael adeiladu ei Baldacchino rhwysgfawr yn San Pedr? *Quod non fecerunt barbari, fecerunt Barberini* yw'n dywediad ni Rufeiniaid, Signor Azzurro. Rydym ni wedi deall rhywbeth na wnewch chi fyth: er mwyn i Rufain fod mewn gwirionedd yn Ddinas Dragwyddol, er mwyn i'r Eidal gael dyfodol gogoneddus yn ogystal â gorffennol balch, dydyn ni ddim hanner mor betrus â chi wrth greu o'r newydd o hen adfeilion.

DA: Ond dyna'r union bwynt! Yr hyn sydd o ddiddordeb mewn gwirionedd i Edmwnd yw'r presennol. Roedd e wedi'i gweld hi! Mae'n anochel nad sôn am y gorffennol yn unig y mae unrhyw waith celfyddydol, boed hynny'n fwriadol neu beidio. Yn union fel mae Iesu a Phedr yn llun Caravaggio, yn eu gwisgoedd Beiblaidd yn ymddangos yn rhyfedd ac anghydnaws gyfochr â ffasiwn ddiweddaraf Rufeinig y chwaraewyr cardiau, yn tarfu ar drythyllwch dirywiedig Rhufain oes Edmwnd ac yn aflonyddu arni gan ddryllio'r rhith; felly hefyd y gwelodd Edmwnd fod *Cymbeline* yn cynnig dull, drwy chwedl gynhanes, o darfu ar y presennol.

Ac nid drwy ryw deimladau annelwig niwlog chwaith, ond teimladau fyddai'n arwain at weithredu.

VM: Pa fath o weithredu?

DA: Wel, tra oedd Gruffydd Robert neu Rhosier Smyth yn cyfrannu at y frwydr dros ailsefydlu'r hen ffydd yng Nghymru, ac atgfynerthu'r iaith trwy gyhoeddi gweithiau a'u smyglo i'w cylchredeg hyd y wlad, roedd eraill yn ffafrio ffyrdd mwy uniongyrchol o ddwyn Catholigiaeth yn ôl i rym ym Mhrydain.

Troes Azzurro yn y fan hon i sôn drachefn am Morys Clynnog. Teimlwn ar brydiau wrth wrando arno fy mod mewn parti, a'r sgwrs am bobl yr wyf yn eu lled-adnabod ar y gorau. Fe gofia'r darllenydd mai ef oedd rheithor Coleg y Saeson yma – ond yn ddiweddarach, yn 1580, ceisiodd Morys hwylio'n ôl i Gymru i 'adenill Prydein i Ruvein', yng ngeiriau Edmwnd. Ei fwriad oedd glanio mewn lle o'r enw Arfon, oddi ar afon Menai – ond ni chyrhaeddodd byth. Bu iddo foddi rywle rhwng Sbaen a Rouen, mae'n debyg.

Dadl Azzurro felly oedd i Edmwnd gael ei ysbrydoli gan

gynllun ei hen reithor; yn llun Caravaggio, wedyn, teimlodd Dduw yn pwyntio ato gan ddweud wrtho mai dyma'r amser. Ac yn *Cymbeline*, gwelodd Edmwnd yn glir lle'r oedd wedi'i ragordeinio y byddai yntau'n glanio: nid yn Arfon ond ym Mhenfro fel Harri Tudur ac fel lluoedd Rhufain yn y ddrama. Byddai'n trefnu i lu o bleidwyr y Pab lanio yng Nghymru er mwyn goresgyn yr ynys ac adfer Catholigiaeth fel gwir ffydd ynysoedd Prydain. Ac yn wahanol i'r ddrama, ac i Morys o'i flaen, byddai yntau yn llwyddiannus. 'Pa angen arwydh rhagorach nac yr eidhom?' mae Edmwnd yn gofyn. 'Yng ngeirieu Shacsber, y dewin, y cawn y neges honn: yn Aber dau gledau drachevn y dyly Rhufein lanio.'

DA: Rwy'n credu y teimlai Edmwnd o'r diwedd ei fod wedi canfod ei le yn y byd trwy gyfrwng y ddrama hon. Gwelai ei hun fel Posthumus yn y ddrama, yn alltud o fro ei febyd. Cafodd Edmwnd, o ddysgu am dynged Posthumus, ysbrydoliaeth a nerth i ddal ati: 'adverir idho cyn dibenu y chwareu ei enedigaeth vreint ar hyn y sydh dhyledus idho ynte.' Fel y gwobrwyir ffydd Posthumus y ddrama yn ei wraig, Innogen, teimlai Edmwnd y byddai ei ffydd yntau yn y fam eglwys yn cael ei gwobrwyo.

VM: Ond beth wnaeth iddo gredu y byddai e'n llwyddo lle'r oedd Morys Clynnog wedi methu?

DA: Mewn gair? Barberini. Fe oedd y gwahaniaeth mawr. Fe oedd â'r grym a'r gallu a'r cyfoeth – a'r lluoedd – i droi'r freuddwyd yn wirionedd.

VM: Pam ar y ddaear y byddai Barberini mor ffôl â cheisio goresgyn Prydain – lle'r oedd Armada Sbaen wedi methu?

DA: Galwch e'n ffolineb, galwch e'n feiddgarwch. Peth rhyfedd yw'r awch am rym, Signora Martinelli, fel y gwyddoch chi. Mae'n gwneud pethau rhyfedd i feddwl dyn ac yn gwneud iddo gamsynio'n ddybryd a mynd heibio iddo'i hun.

Roedd Barberini ar dân am gael bod yn Bab. A phwy a feiddiai wrthod gorsedd San Pedr i'r un a oedd wedi ennill yn ôl i'w chorlan Loegr a'i holl ddominiwn? A phwy a ŵyr na welai Barberini eisoes yn llygad ei feddwl holl longau'r cyfandir yn cyrchu ac yn rasio tua'r gorllewin dros y môr tywyll at newyddfyd, gan adael hen ymerodraethau'r gorffennol yn faluriedig ac yn wag o'u hôl, ac yntau'n eu plith, a'r paganiaid o'r dwyrain eisoes wrth y pyrth? Pwy a allai ei feio am chwilio ffordd – er mor ynfyd oedd hi – o'u gwrthsefyll ac o droi'r llanw'n drai?

VM: Beth nesaf felly?

DA: Erbyn dechrau 1612, yn ôl cofnodion y dyddlyfr, roedd y paratoadau'n mynd rhagddynt yn fywiog, a'r bwriad oedd efelychu taith Morys Clynnog ei hun. Yr unig wahaniaeth, wrth gwrs, oedd mai yn Aberdaugleddau ac nid ar lannau Menai y byddai'r llu yn dod i'r lan. Codwyd hwyl o Civitavecchia ar 20 Ebrill.

VM: Enbyd o fordaith.

DA: O oedd, yn sicr. Her anferthol.

VM: Ac wrth gwrs, fe fyddai'n rhaid aros mewn cryn dipyn o borthladdoedd ar y ffordd.

DA: Byddai, byddai, rhyw bump neu chwech, mae'n siŵr.

VM: Ac roedd Edmwnd wedi nodi'r rhain?

DA: Mae gennyf frith gof iddo'u nodi yn rhywle, oes.

VM: Ond fedrwch chi mo'u henwi nawr?

DA: Ddim yr eiliad hon, na fedraf. Fe allwn i ddod o hyd iddynt yn go sydyn yn yr erthygl, os yw hi wrth law?

VM: Fydd dim angen hynny, Signor. Ond beth am y fenter, felly? A gyrhaeddwyd y porthladdoedd hyn i gyd? Sut nad yw Cymru fach – a Phrydain Fawr, yn wir – oll yn Gatholig bellach?

DA: Wel – wel, diau y byddai'r fenter wedi bod yn llwyddiannus. Allwn ninnau heddiw ond dychmygu pa fath le fyddai ym Mhrydain ac yng Nghymru bellach – ac yn wir sut fyddai hi arnoch chi yma yn Rhufain ac yn yr Eidal – fyddai Ffasgaeth erioed wedi bwrw gwraidd, efallai, oni bai am –

Ar y pwynt hwn daeth cnoc ar ddrws y gell i'm galw i ffwrdd. Yr oedd rhyw gynnwrf wedi codi yn un o'r celloedd eraill oherwydd sipsi oedd yn gwrthod cael ei garcharu o fewn pedair wal adeilad. Roeddwn i'n bur gandryll â'r giard a dorrodd ar draws, a chafodd ei gosbi'n llym yn ddiweddarach. Roeddwn i'n dal i geisio penderfynu a oedd y fordaith hon erioed wedi digwydd mewn gwirionedd, yn enwedig gan nad oes unrhyw dystiolaeth ohoni ar glawr yn unlle arall. Yn wir, roedd gennyf fy amheuon a oedd yr Edmwnd Siôn hwn yn bod o gwbl, ynteu ai Il Dente Azzurro oedd wedi'i ddyfeisio o'i ben a'i bastwn ei hun. Credwn fy mod yn deall digon, erbyn hyn, i allu dirnad pam y byddai ar Gymro bach di-nod eisiau dyfeisio'r fath ffigwr, a beth yn union oedd ei fusnes yma yn Rhufain. Yr oeddwn felly yn barod i symud pan fyddem yn ailddechrau'n sgyrsiau y bore canlynol.

CYFWELIAD 3

Dim ond un peth roedd arnaf eisiau ei glywed gan Dente bellach, sef pam? Pam y gŵr hwn o ddyfnderoedd astrus dinodedd? O grombil hanes a ddiystyrwyd cyhyd? Roedd arnaf eisiau ei glywed yn dweud hynny, ac roeddwn am gael yr wybodaeth honno ar f'union. Atebodd yntau, yn syml, mai clywed llais Edmwnd Siôn yn galw arno ar draws y canrifoedd a wnâi: llais unig; llef yn dianc o fudandod cyfandir.

Atebais yn syth nad oeddwn innau'n clywed y fath beth. Yr unig beth a glywn i oedd llais Azzurro ei hun, yn taflunio'i syniadau drwy Edmwnd. Onid oedd y cyfan mor fympwyol? O holl ddramâu Shakespeare, pam *Cymbeline*? O holl ddarluniau Caravaggio, pam 'Galwad San Mathew'? A pham trafod y ddau ar ôl ei gilydd yn yr un erthygl heb fod cysylltiad amlwg rhyngddynt? Doedd ateb parod Azzurro – sef mai'r peintiad a wnaeth iddo gredu ei fod wedi'i ddewis, ei alw, i'r gwaith hwnnw, ac mai'r ddrama wedyn a roddodd y dull iddo – ddim yn tycio y tro hwn.

Yn hytrach, atgoffais y gwron o rywbeth roedd wedi'i honni y diwrnod cynt: sef fod pob testun, pob gwaith, boed fwriadol ai peidio, boed ymwybodol neu beidio, i gyd yn edrych ar y gorffennol trwy lens y presennol.Pwysleisiais drachefn fy nghred, na, fy argyhoeddiad, mai Azzurro oedd y llais unig; y llef o grombil tywyllwch cyfandir. Ef, Glasddant Richards, a welai ei hun yn Posthumus newydd.

VM: Rydym ni wedi bod yn chwilio'n ddyfal, Signor Richards, am dystiolaeth o'r daith hon gan Edmwnd Siôn a Barberini. Does bosib na fyddai yna gofnod, yn rhywle yn holl archifau'r Fatican, fod Barberini wedi cynnull y fath lynges ynghyd?

DA: Fe fyddech chi'n meddwl. Dyna pam, wrth reswm pawb, y des i yma yn y lle cyntaf. Ond mae'n ymddangos nad chi'r Ffasgwyr yw'r unig rai sy'n medru dinistrio tystiolaeth i ystumio'r gwir. Mae'n sgìl sydd cyn hyned ag amser.

VM: Fe fyddai wedi cymryd cryn ymdrech i guddio'r fath fenter.

DA: Wel, mi fyddai'r methiant wedi golygu cryn embaras, ar ôl cymaint o gost ac ymdrech. Dychmygwch! A'r cyfan yn methu mor druenus cyn rhoi troed ar dir Prydain. Gwell o lawer fyddai i Barberini gymryd arno na ddigwyddodd y fath beth erioed... Bron na alla i ddychmygu'ch Duce chi neu'r Führer yn gwneud rhywbeth tebyg.

Penderfynais innau fy mod wedi cael digon, ac mai dyma ddiwedd y gwamalu. Fy nhro innau'n awr oedd cynnig fy thesis – fy antithesis – a minnau'n grediniol fod yn honno lawer llai o dyllau.

Dechreuais â'r Caravaggio: yn ei ddisgrifiad ef ei hun o'r darlun, mae'n tynnu sylw'r darllenydd at y groes yn y ffenestr yn y peintiad hwnnw. Peth naturiol, efallai, i Babydd defosiynol neu, yn hytrach, i awdur sy'n ceisio dweud wrth ei ddarllenwyr: 'Dyma X i farcio'r union le. Dyma lle dylech chi ddechrau cymryd sylw.' Roedd y peth mor chwerthinllyd o amlwg nes gwneud i mi boeni, braidd, am brosesau hyfforddi Gwasanaeth Cudd-ymchwil Prydain. Darlun yn Eglwys y Ffrancwyr o bawb. Rhy amlwg o lawer!

Yna atgoffais y gwron o enwau'r porthladdoedd y bwriadai Edmwnd a Barberini alw ynddynt ar eu ffordd i Aberdaugleddau – y fordaith ryfedd honno nad oes unrhyw gofnod ohoni yn unlle ond yn erthyglau Azzurro. Roedd yntau y diwrnod cynt wedi cymryd arno fethu â chofio enwau'r porthladdoedd; fel hwb i'w gof, fe'u darllenais iddo.

VM: Dyma'ch disgrifiad chi o'r daith, Signor: 'Wedi iddynt adael Genoa, bwriad llynges Barberini oedd galw yn Cadiz, La Coruña, Brest ar arfordir Llydaw, ac yna Sennen ym mhen pellaf Cernyw cyn croesi Môr Hafren i Aberdaugleddau.' Oeddech chi'n meddwl ein bod ni'n ddall, Dente?

DM: I'r gwrthwyneb. Rwy'n amau i chi weld rhywbeth yn y rhestr hon na welais i mohono fy hun. Rwyf innau mewn cymaint o dywyllwch â phe bawn yn sefyll yng nghefndir un o beintiadau Caravaggio ei hun.

VM: Llythrennau cyntaf pob enw: Ca – La – Bre – Se. Calabrese! Mor amlwg â'r dydd. Il Dente Azzurro, rwyf i'n awgrymu hyn: nad hanesydd ydych chi o gwbl, ond ysbïwr a hysbyswr ar ran coron Lloegr. Eich bod chi wedi'ch erlid o'r Eidal ac wedi'ch canfod eich hun yn y Fatican, heb ffordd o ddianc; a bod gennych ddarn pwysig o wybodaeth i'w drosglwyddo i'ch uwch-swyddogion. Eich bod wedi bod yn teithio'n helaeth yn ne'r Eidal, ac wedi casglu mai o dalaith Calabria, ym mhen mwyaf deheuol y wlad, y dylid lansio ymosodiad y Cynghreiriaid, sydd wedi bod yn hir yn yr arfaeth, ar dir yr Eidal. Wrth wneud hynny rydych chi wedi bod yn gweithredu o'r tu mewn i diriogaeth niwtral y Fatican, gan dramgwyddo'n uniongyrchol ein hamodau wrth dderbyn niwtraliaeth y wlad honno. Y gosb am yr holl droseddau hyn, Azzurro, fel y gwyddoch yn iawn, yw marwolaeth.

[SAIB]

Diddorol, hefyd. Roedden ni wedi disgwyl mai o Salerno, neu hyd yn oed i'r gogledd o Rufain, y byddech chi wedi ymosod. Ond y fath hyfdra, i ymosod o Calabria! Diddorol iawn, iawn, Signor Azzurro – felly diolch i chi.

[SAIB HIR]

DA: Hm. Chi oedd yn iawn wedi'r cwbl, Signora Martinelli.

VM: Addefiad, Signor Azzurro? Mor rhwydd?

DA: Na, na – meddwl oeddwn i efallai mai dyna ogoniant *Cymbeline* wedi'r cyfan, yr holl guddwisgoedd, y camddeall, y cyd-ddigwydd a'r newid ochrau. Ar un adeg yn y ddrama, os cofiwch chi, mae Posthumus ac Innogen yn newid ochrau, ac yn troi i ymladd gyfysgwydd â'r Rhufeiniaid, *yn erbyn* nid yn unig eu gwlad a'u hynys eu hunain ond eu tad a'u darpar dad-yng-nghyfraith hefyd...

A Signora, i mi dyna ogoniant y ddrama, yn ei dryswch a'i chymhlethdod. Mae hi'n dangos i ni'r ffordd y *mae* pobl, gan amlaf, yn ddryslyd eu teimladau, heb wybod i bwy yn iawn y dylen nhw roi eu teyrngarwch.

Roeddwn i bron â chredu wrth glywed hyn fod Azzurro yn ceisio awgrymu wrthyf ei fod yn dymuno newid ochr, a chynghreirio â'r Eidal...

DA: Gwelodd Edmwnd, yn *Cymbeline*, ddameg ar gyfer Cymru ei oes; ac rydw innau'n gweld yn y ddrama hon ddameg ar gyfer ein hoes ninnau: am berthynas Cymru a Lloegr, am ran y ddwy yn yr Ymerodraeth Fawr Brydeinig, ac am berthynas y ddwy â gweddill y byd, ac yn enwedig Ewrop. Yr ennyd hon mae rhai cannoedd, miloedd o Gymry yn ymladd ar ran yr Ymerodraeth honno ym mhob cwr o'r byd; ac eraill lawer yn dioddef gartref ar ei rhan, er mwyn yr hyn y mae hi'n ei alw'n rhyddid. Ond a gofir hi, Gymru fach, pan fydd y cyfan drosodd? Go brin. Mae Prydain Fawr ers degawdau wedi honni bod yn llais dros y gwledydd bychain, ond fe anghofiodd y wlad fechan drws nesaf iddi – neu yn wir oddi mewn iddi.

Felly hefyd mae hi yn *Cymbeline*. O Gymru y daw achubiaeth Prydain yn y ddrama honno; iddi hi y dygir Guiderius ac Arviragus, meibion y brenin. Ynddi hi mae lluoedd Rhufain yn glanio, ac yno hefyd y cyfyd y Cymry i'w herbyn a'u trechu. Y ddau frawd hynny a fagwyd yn Gymry sydd maes o law yn gorchfygu'r Rhufeiniaid, a hynny ar dir a daear Cymru. Ergo: Cymru ddaw i'r adwy yn awr trallod Prydain, o Gymru y daw y cymorth hawsaf oll i'w gael mewn cyfyngder. Ers canrifoedd, mor barod fu Cymru i roi ei chymorth i Brydain, i Loegr, ac i'w gwasanaethu yn ei hymdrechion. A pha wobr gaiff Cymru ar ddiwedd y ddrama? Dim oll. Er ei holl wroldeb ymddangosiadol, gwelwn erbyn y diwedd mai merch wan a gwyllt fu Cymru drwy'r cyfan, morwyn fechan neu wraig ufudd i ŵr cadarn Lloegr.

Lladdwyd y frenhines ddrygionus. Prydain 'unedig' fawr

gref a saif wrth i'r llenni ddisgyn, ac anghofiwyd Cymru hithau yn llwyr.

Does dim wedi newid: felly y mae hi arnom yng Nghymru hyd yn oed heddiw. Pam felly y daliwch chithau i gredu fy mod i yma mewn gwlad ddieithr yn peryglu fy einioes dros Ymerodraeth sy'n wrthun gen i?

VM: Pe bawn i'n credu'ch lol am hanner eiliad, Richards, yna yn wir fe allai fod rhywfaint o dir cyffredin rhyngom wedi'r cyfan.

DA: A, ond Martinelli, dyna'n union yw fy mhwynt. Fyddai yna fyth dir cyffredin i'w gael rhyngom: fe fyddai Mussolini am draflyncu'r tir hwnnw oll iddo ef ei hun. Dyna'i genedlaetholdeb barus yntau. Sut gallwch chi adnabod eich gwahaniaeth, eich arallrwydd chi fel cenedl, os ydych chi'n bwrw allan i ddileu a dinistrio pob cenedl arall? Nid dyna yw cenedlaetholdeb – math ar fwystfileiddiwch yw'r awch hwn am ragor o dir a grym, am gael gweld pawb sydd yn wahanol i chi'ch hunain yn cael eu difa. Nid dyna fy nghenedlaetholdeb i. Galluogi fy nghenedl fy hun i sefyll yn falch gyfochr â chenhedloedd eraill y byd, dyna fy nod innau. Ond dyw hynny ddim yn ddigon i chi: i'r Eidal, i'r Almaen; hyd yn oed i Loegr. Rhyngoch, rydych chi'n dinistrio Ewrop, a thrwy wneud hynny rydych chi'n difa'r union grud lle gall cenhedloedd, o bob math a maint, gydfodoli.

VM: Beth fynnech chi? I'r Eidal grebachu drachefn yn grugiad blêr o daleithiau dinod? Rhyw ferddwr o le.

DA: Fynnwn i mo hynny chwaith. Cymerwch Innogen, yn *Cymbeline*. Mae hi'n cael ei chrebachu, ei gorfodi i fod yn llai na hi ei hun. Yr union driniaeth a gaiff Cymru yn y ddrama: caiff ei hebrwng at erchwyn mawredd, ac yna, ei difodi'n llwyr. Dim gwahaniaeth. Does dim gwahaniaeth.

Gwelodd Edmwnd hyn: yn Aberdaugleddau roedd popeth yn bosibl Byddai Cymru'n fawr eto, ei mab ar yr orsedd. Ond na, daeth y ffydd newydd; Elisabeth wrol; datganiad rhy gryf o annibyniaeth Prydain oddi wrth Ewrop: byddai hynny gyda'i gilydd yn lleihau Cymru'n llwch. Allai Edmwnd ddim goddef gweld hynny, yn union fel na allaf innau chwaith ddygymod â gweld y rhyfel hwn. Rydych chi'n rhwygo Ewrop yn ddarnau, bawb ohonoch. Mae fy nheimladau i'r un mor elyniaethus tuag at Hitler, Mussolini a Churchill fel ei gilydd. A cholli neu ennill, alla i ond gweld na fydd adferiad fyth i Gymru ar ôl hyn: bydd hi'n peidio â bod, a chynifer o wledydd bychain eraill gyda hi.

VM: Mae arnaf ofn, Richards, fy mod i wedi'ch colli'n llwyr erbyn hyn.

DA: Y cynllwyn hwn rydych chi wedi 'nghyhuddo i ohono. Do, mae'n wir, fe'm hanfonwyd yma gan lywodraeth Prydain. Ond mae'n rhaid imi gyfaddef nad oes ots o gwbl gen i bellach ai methiant ynteu llwyddiant fydd yr holl fenter.

Erbyn hyn, roeddwn i wedi blino, a doedd hyn oll, bellach, ddim yma nac acw. Oherwydd fe wyddai'r dyn yn iawn ei fod newydd gyffesu'i drosedd, yn llwyr a diamwys. Ac fe wyddai, gan hynny, fy mod wedi f'awdurdodi i'w ladd. Yn wir, ei bod yn ddyletswydd arnaf wneud hynny. Ond wrth gwrs, fel pob carcharor gwerth ei halen a wêl ei dynged yn dynesu, daliodd ati â'i fonolog faith.

DA: Dyna i chi syniad athrylithgar a gafodd rhyw Farberini wrth osod gwenyn mewn lle canolog ac amlwg ar ei arfbais. Mae'n awgrymu prysurdeb a phwysigrwydd y teulu, y modd y bydden nhw'n crynhoi ac ymhél a byddaru'r trigolion â'u suo.

Yn fy nghell dros y dyddiau diwetha, nid gwenynen a gefais innau'n gwmni, ond gwyfyn, un oedd yn benderfynol o geisio hedfan tuag at lamp foel, boeth y gell, hyd yn oed petai hynny'n ei ladd.

Mae hediad y ddau bryf yn wahanol i'w gilydd ac fel petai'n dweud rhywbeth am eu cymeriad hefyd: mae hediad y wenynen yn unionsyth, fwriadus; gall lonyddu hefyd ac aros yn ei hunfan os dymuna; hediad a chanddo bwrpas sicr a gwaith i'w wneud yw hediad y wenynen. Chwyrlïo'n ddigyfeiriad wna'r gwyfyn, bwhwman yn ôl a blaen gan ailgroesi'r un llwybrau nifer o weithiau. Sŵn suo cas, maleisus sydd i'r wenynen i'm clust i, ond prin y gallwch chi glywed y gwyfyn o gwbl, a'i adenydd prin yn dirgrynu'n fwy egnïol na thrawiad amrant.

Hediad digon tebyg i'r gwyfyn oedd hediad Edmwnd trwy ei fywyd druan, a pheth felly hefyd o reidrwydd oedd y cynllwyn hwnnw, i hwylio tua Phrydain. Bwrw angor yng Ngenoa; Cadiz; La Coruña; Brest; Sennen: y daith gyfrodeddus tua Chymru. Bron na ellir clywed amrantiad adain y gwyfyn yn chwipiad yr hwyliau. Cwbl wahanol, wrth gwrs, i'r cyrchoedd awyr ar Brydain ac ar Gymru ei hun y dyddiau a'r nosau hyn, yn haid unionsyth ar eu hynt, a suo aflafar, byddarol eu peiriannau o'u hôl, yn fwriadus a gofalus eu gwaith, fel gwenyn.

Dim ond unwaith, wrth gwrs, y mae gwyfyn yn hedfan yn syth: pan fo fflam ddinistriol ei ddiwedd ei hun yn ei gymell. Ac mi gredaf braidd mai gwyfynod ydym oll yn ein rhan fechan ni o'r byd, yn ddistaw ein gwaith ond wedi'n tynghedu i gael ein denu'n dawel a di-droi'n-ôl tua'n tranc, cwsg-gerdded tua dinistr, gan gredu mai dyna a rydd inni bwrpas. Am hynny, allaf i ddim llai na chydymdeimlo ag Edmwnd a'i fenter ffôl, ddamniedig.

Arhosodd y dyn wedyn, a bu saib hir. Doedd gen i mo'r egni, bellach, i'w rwystro. Sylwais yn y distawrwydd fod un deigryn yn llifo i lawr ei foch. Ochneidiodd; ac yna, dywedodd rywbeth cwbl annisgwyl:

DA: Gweithio'r ydw i, Signora, ar ran Cymdeithas y Cenhedloedd Bychain: brawdoliaeth gyfrinachol sydd yn hybu a hyrwyddo cydweithio rhwng gwledydd ymylol, anghofiedig Ewrop. Dyna na welsoch chi: Cadiz? Prifddinas Andalusia. La Coruña a Brest? Prif borthladdoedd Galicia a Llydaw. Sennen wedyn yng Nghernyw, sydd mewn cyflwr mwy truenus hyd yn oed na Chymru. Dim ond rhai o'r gwledydd bychain sydd wedi ymuno â ni yn ddiweddar. Clogyn yn unig yw'r gwaith i'r goron. *Gente Calabrese*: yma y deuthum i gyfarch y Calabriaid ac estyn gwahoddiad iddyn nhwythau ymuno â ni.

Rhaid imi gyfaddef imi gael rhywfaint o syndod o glywed hyn, hyd yn oed os na wnaeth fawr i'm cyffroi'n ormodol. Fyddai hyn, wrth gwrs, yn newid dim ar y ddedfryd. Ond yr oedd Cymdeithas y Cenhedloedd Bychain yn gwbl ddieithr i mi ar y pryd. Honnodd Azzurro nad cod o fath yn y byd oedd ei erthyglau mewn gwirionedd, ond pamffled, maniffesto, datganiad gwleidyddol. Mae'n swnio'n hollol chwerthinllyd i ni, ond cred y gymdeithas hon yn gwbl ddiffuant y gall cenhedloedd bychain Ewrop friwsioni ei theyrnwladwriaethau o'r tu mewn.

Yn ôl Azzurro felly, nid cod er budd y Cynghreiriaid ond traethawd gwleidyddol i'r cenhedloedd bychain oedd yr erthygl o'i eiddo: roedd ynddi rybudd, trwy gyfrwng *Cymbeline*, iddynt beidio â chymryd gan eu cymdogion wneud eu gwaith budr drostynt, heddiw yn fwy nag erioed o'r blaen. Ac roedd ynddi alwad, trwy ddarlun Caravaggio, ar y cenhedloedd hyn i godi eu croes bob un ac ymuno â nhw.

DA: Os achubir Ewrop byth, fe wn i hyn: o'i godreon, o benrhyn ac o gefnen, o'r ymylon sy'n briwsioni a'r dannedd miniog lle mae'r tir yn braidd gyffwrdd â gwacter glas yr awyr a'r môr – o'r mannau hynny yr achubir hi. Ac nid y gwenyn ond y gwyfyn fydd yn gwneud y gwaith: Edmwnd Siôns y byd hwn ac nid y Barberinis; Innogen nid Cynfelyn.

Wyddoch chi, y noson honno, ar ôl y glaw, ar ôl bod i weld peintiad Caravaggio, mi gerddais i draw drwy'r strydoedd, a'u cerrig crynion yn sgleiniog o wlyb yng ngolau ola gyda'r nos, draw i'r Piazza Farnese. Yno mi fûm yn gwledda ar *baccalà* wedi'i ffrio, cyn troi i lawr am swae heibio i Goleg y Saeson. Dyma syllu drwy'r porth a'r giatiau dur ynghlo, a theimlo rhyw lonyddwch yno, y llonyddwch colegol hwnnw nad yw ond i'w gael mewn ambell le lle mae dysg a diwylliant yn cael eu prisio'n uwch nag einioes dyn, bron. Yna mi gerddais tua'r de, lawr heibio'r Teatro di Marcello – mae'n well gen i hwnnw na'r Colosseo rywsut, mae'n gweddu'n well i'w gynefin – a chan ei bod yn brafio a'r glaw wedi pasio, i lawr cyn belled â'r Bocca della Verità, at geg y gwirionedd. Hwyrach mai rhoi fy llaw yn honno a barodd i mi fod mor onest â chi heddiw.

VM: Fe wyddoch, mae'n siŵr, mai caead draen oedd y Bocca yn wreiddiol, ac mai gwastraff arferai lifo o'r geg?

DA: Choelia i fawr. Phoena i fawr chwaith. Mi es oddi yno wedyn a chroesi afon Tiber a'm golygon draw at yr hen, hen bont a'r Isola Tiberina, cyn afradu f'amser a'm harian yn Trastevere. Roedd hi'n dalm o'r nos cyn imi ddychwelyd i'm digs yn y Fatican. Diolch i chi am hynny o leia cyn fy marw, am noson o ryddid yn y Ddinas Dragwyddol. Bydd honno gyda mi am byth.

Ga i ofyn un ffafr olaf gennych chi, Signora?

VM: Ar bob cyfrif, Signor Azzurro.

DA: Ga i ofyn hyn: yn fy mh—

Erbyn hyn roeddwn i wedi cerdded i ran o'r stafell oedd y tu ôl i Azzurro. Tynnais fy ngwn o'r wain a'i saethu yng nghefn ei ben. Roeddwn wedi alaru ar ei areithiau, ac wedi dyfalu eisoes beth fyddai ei ymholiad. Yn ddiweddarach, archwiliais ddillad y condemniedig, a chanfod yn leinin ei siaced gyfieithiadau o erthyglau Il Dente Azzurro yn *L'Osservatore Romano* i Gymraeg, Galisieg, Llydaweg, Cernyweg, Sbaeneg a math ar Galabreg. Dinistriais y rhain, ynghyd â holl eiddo'r condemniedig. Hyd yma ni wyddys am fodolaeth unrhyw gopïau eraill o ohebiaeth Glasddant Richards; dyma gyfansoddi hyn o adroddiad felly er mwyn ei ychwanegu ynghyd â recordiadau'r cyfweliadau at y ffeil ar Gymdeithas y Cenhedloedd Bychain. Ni welaf reswm i ystyried y gymdeithas hon yn unrhyw fath o fygythiad gwirioneddol ar hyn o bryd, ac nid oes unrhyw arwydd o gefnogaeth na theyrngarwch iddi ymhlith y Calabriaid, yn ôl ein swyddogion yno.

YCHWANEGIAD I'R FFEIL, 1 MEHEFIN 1944
Lai na blwyddyn yn ddiweddarach, ar 3 Medi 1943, dechreuwyd goresgyniad y Cynghreiriaid o'r Eidal yn SICILIA, gyda'r prif ymosodiad o SALERNO. Yn groes, fodd bynnag, i'r hyn roeddem ni wedi'i ddisgwyl ar ôl croesholi Azzurro a chyhoeddi ei farw yn y wasg er mwyn anfon neges glir i'r Cynghreiriaid, cafwyd ymosodiad bychan cefnogol ddechrau Medi o CALABRIA. Ar hyn o bryd y mae'r Cynghreiriaid yn dynesu ac yn taflu popeth yn eu meddiant i geisio torri llinell GUSTAV. Disgwylir y bydd rhaid i ni adael RHUFAIN a chilio i'r llinell GOTHIG, i'r gogledd o'r brifddinas, yn ystod y dyddiau nesaf. Nid ydyw'r frwydr drosodd, fodd bynnag, a byddwn yn ymladd hyd y diwedd i warchod ac amddiffyn gogoniant ein gwlad a'n dinas.

Adar Rhiannon

CYRHAEDDAIS Y TŶ ar ogwydd uwch Parc y Rhath ar allt Penylan, a'r ysgol a'i hogla cannydd a choffi yn dal yn fy ffroena. Rywsut roedd yr hen Hughes wedi llwyddo i gadw'r ysgol ar agor er gwaetha popeth, er mai rhyw ddyrnaid o ddisgyblion oedd wedi mentro yno dros yr wythnosa diwetha. Roeddwn i wedi dal ati hefyd, gan deimlo y bydda gwneud hynny yn peri llai o ama na phe bawn i'n diflannu mwya sydyn, fel cynifer o'r lleill. Y noson honno roeddwn i wedi croesi'r ddinas ar y tram a neb, hyd y gwyddwn i, wedi taflu ail gip arna i. Pawb erbyn hyn yn cadw atyn nhw'u hunain; coleri cotia i fyny a llygaid i lawr.

Allwn i ddim deud yn onest 'mod i wedi craffu'n ofalus drwy'r ffenest wrth inni rymial yn ein blaena drwy ganol y dre, na chwaith wedi arswydo wrth weld rhai adeilada'n fwg a'u corneli ar goll, neu ag ambell dwll lle bu'r bwledi'n eu rhidyllu. Cyfan ddeuda i ydi'i bod hi'n syndod mor sydyn mae dyn yn dod i arfer efo petha fel hyn, y ffordd maen nhw'n dod yn rhan o'r beunyddiol. Un arall wedi'i golli liw nos, wedi'i gipio o'i wely neu heb gyrraedd y gwely o gwbwl. Sôn wedyn am ryw was sifil neu fân weinidog wedi talu'r pris am hynny, a'r llofrudd wedi sleifio i'r nos, bron fel pe bai o'n un o'r diflanedig ei hun. Ninna heb glywed siw na miw gan rai fel Ben a Gwydion ers wythnosa, heb wybod ai creu diflanedigion ynta diflanedig eu hunain oeddan nhw bellach.

Dair wythnos 'nôl y clywson ni fod Eryri wedi dal. Yn groes i bob disgwyl, roedd Eryri wedi dal. Ac yna'r cythru i lawr am Lanfair ym Muallt, a Dyfed ar grwydr er gwaetha colli Arthur, a'r gogledd-ddwyrain wedi gwasgu i lawr o'r tu arall. Roeddan nhwytha ar y ffin wedi'u taro'n drwm ond roeddan nhw hefyd wedi ateb. Pobol ddewr, unigolion mewn tywyllwch a chysgodion, wedi troi'n grwpiau, yn griwiau, wedi magu ymdeimlad ohonyn nhw'u hunain. Doedd neb wedi disgwyl hyn. Doedd hyn ddim i fod i ddigwydd yn ôl y naratif swyddogol.

Disgyn wnes i ynghanol y Rhath, wrth groes y Plwca, a cherdded weddill y ffordd. Roedd hi'n dechra tywyllu ac roedd yr ogla mwg yn dew hyd y lle fan hyn hefyd. Faint hwy y gallai hyn bara? Y gnoc arferol ar ôl gwneud yn siŵr nad oedd fawr neb o gwmpas. Dan yn fawr o gorff ac yn gysgod ac yn farf yn agor imi, ac yn sydyn ro'n i'n ôl mewn golau a sŵn newyddion drwy sbîcyrs y tŷ a stêm tegell. Roedd y stafell fyw yn ferw, a'r grisia'n dywyll. Allwn i ddim gweld stribedyn o ola dan dy ddrws ac felly wyddwn i ddim oeddat ti'n ôl o'r sbyty eto ai peidio. Trwodd â mi i'r gegin lle'r oedd Luned yn gwneud paned ac yn cynnig un imi. Rywsut, a hitha'n gaeafu a'r lle'n weddol wag bellach, roedd yna rywbeth trist am y tŷ. Yn sicr doedd hi ddim yn teimlo bod petha ar droi, ond yn hytrach fel tasa'r dyddia da eisoes o'n hôl. Yr haf a gobeithion yn llenwi'r tŷ, y partïon, Cai a Bedwyr, a Gwen. Ben a Gwydion hyd y lle a ninna'n teimlo'n saff er y perygl; Arthur yn dal efo ni. Fwy nag unwaith roeddwn i wedi diawlio 'mod i'n byw ben arall y ddinas, ac wedi meddwl symud yma. Bellach, o deimlo tristwch y tŷ, ro'n i'n falch imi gadw hyd braich.

Ond wedyn, mwya sydyn, roedd y lle'n ferw eto, ac o hynny 'mlaen wnaethon ni ddim stopio i feddwl nac i dynnu anadl. I mewn y daeth Llew ar garlam a chditha i'w ganlyn, a'r holl wlad yn ei lais o wrth ofyn oeddan ni wedi clywed y newydd.

'Naddo. Be?' holodd Dan yn syth.

'Ma ddi drosodd! Ni 'di ennill!'

Roeddan ni'n gegrwth, a finna'n taro golwg dros ysgwydd Llew at lle roeddat ti ym mwrllwch y cyntedd, dy wên wrth iti frathu dy wefus isa a'th lygaid yn llydan, yn amneidio, cystal ag ateb, ydi, mae o'n wir. Dyma Luned i mewn o'r gegin, a finna'n holi Llew,

'Sut w't ti'n gwbod? Lle clywist ti?'

'Ar y stryd nawr! Gweiddi mawr a sŵn gynne. O'dd e ar yn ffôn i 'ed. Ma'r llywodreth yn mynd – heno! Ma nhw ar eu ffordd o 'ma nawr â'u cynffonne rhwng eu coese, y bastads.'

'Na! Wir? O, Llew!' Luned a'i dwylo ar ei bochau yn methu â choelio.

Mwya sydyn dyma ni i gyd fel tasan ni'n ymollwng i gredu, ac yn dechra neidio a chwerthin a gweiddi, pawb yn goflaid, heblaw bod Dan yn dal i sefyll yn stond.

'Dan – ti'n iawn?' medda chdi.

'Ydw – ydw. Y sioc! Ti'n siŵr, Llew?'

'Tro'r newyddion 'na lan i ti ga'l clywed drostot dy hunan!'

*

Nes 'mlaen, roedd y strydoedd yn orlawn a ninna'n gorfod stwffio'n huna'n i mewn i'r tram. Os oedd y mwg wedi bod yn deyrn ers wythnosa, erbyn hyn roedd y fflam wedi cydiad a Chaerdydd ar dân. Wrth y gamlas roedd hi fel Mardi Gras a rhai eisoes, y ffyliad, wedi neidio i mewn am drochiad a'u dillad trymion nhw'n socian. Allan ar Stryd y Castell ac i lawr Heol y Santes Fair roedd y torfeydd yn cronni, ac o'u cwmpas ymhobman roedd y tân gwyllt yn saethu i'r awyr a dy wyneb di'n goch yn ei ola. Roedd 'na goelcerth fawr y tu mewn i'r castell a phobol yn dawnsio. Dyma ni'n trio ymwthio'n ffordd oddi yno ac i lawr Heol y Santes Fair ond yn dod i stop yn fuan fel tasan ni'n win yng ngwddw'r botel a'r dyrfa'n cau o'n cwmpas. O'n blaena ni roedd 'na griw banerog wedi dechra llafarganu ac roedd ganddyn nhw fflêr goch anferth yn llosgi oedd yn goleuo'u hwyneba ac yn taflu cysgodion eu gwena wrth iddyn nhw ganu. Yn y wasgfa dyma fi'n estyn am dy law di ac yn dal ynddi'n dynn ond wnes i ddim meiddio troi i edrych arnat ti.

Dyma rywun yn dod â chwrw o rywle a photal o jin, a chditha'n cwyno y bysa siampên yn fwy addas, ond yn cymryd swigiad o'r jin be bynnag. Mi oedd Llew a Luned wedi ymuno yn y dawnsio a finna'n trio dy dynnu di i mewn i'r cylch hefyd, ond ddoit ti ddim. Bydd fel'na 'ta, medda finna dan wenu ond mi oeddwn i'n ei feddwl o hefyd, dwi'n meddwl. Mi es i at y ddau arall i ganol y ddawns a chditha'n sefyll efo Dan, oedd yn stond a rhyw arlliw o wên dawel ar ei wyneb o. Trio cymryd y cyfan i mewn oedd o, dwi'n meddwl.

Yna, tra oeddan ni'n canu emynau a'n breichiau rownd ei gilydd, dyma Llew yn taro golwg ar Mathew drwy'r dorf ac yn gweiddi arno fo i ddod draw.

Mi ddaeth ynta'n wên i gyd ar ôl ein gweld ni, a phawb ohonon ni'n cofleidio. Roedd y rhyddhad, ar ôl y misoedd o sibrwd a chuddio ac edrych dros ein hysgwyddau, i'w deimlo gan bawb. Ac ar ôl i Mathew gyrraedd i'n heintio ni efo'i frwdfrydedd doedd 'na ddim dal 'nôl wedyn – rywsut roedd ei gael o yno yn caniatáu i bawb arall ddiosg eu swildod ac ymroi i orfoleddu go iawn. P'un a oedd hynny oherwydd ein bod ni'n dal i'w weld o'n rhywun o'r 'tu allan' a'n bod ni'n gallu perfformio'r dathlu hefo mwy o argyhoeddiad o'i flaen o, dwi ddim yn siŵr. Ond roeddan ni i gyd mor falch o fod yno, ynghanol y wasgfa. Y ni heno oedd pia'r ddinas, a hitha'n berchen arnon ni.

Ymhen hir a hwyr aeth y parti'n ei flaen hyd y stryd ac i lawr i gyfeiriad y Bae. Mi aeth Dan, heb air, i ganlyn y dorf ond roedd Mathew wedi cael achlust o barti arall oedd ar gerdded yn y Rhath, felly dyma droi'n ôl i gyfeiriad Heol y Plwca ar hyd Heol Casnewydd, oedd yn amddifad o geir ond â llond ei lonydd o bobol. I lawr un stryd mi welson ni eglwys wedi'i darnio a'i chlochdy'n dipia. Ddaru'r lleill ddim ond taro un cip sydyn draw ac yn eu blaena wedyn, ond mi stopist ti i sefyll a gwylio. Ddim nes imi ddod yn f'ôl i afael ynddat ti a dy dynnu di 'mlaen y doist at dy goed.

Wedi dallt, roedd Mathew wedi bod yn yr Elái Newydd yn Cathays, ac roedd fan'no'n orlawn a fynta wedi cael ei gymryd i'w canol nhw er nad oedd o'n nabod fawr o neb. Ymhen deng munud, medda fo, roedd o ar y bar yn canu'i hochor hi. Un felly ydi Math. Yn fan'no roedd rhywun wedi sôn y bydden nhw'n mynd yn eu blaena i Gilfach y Bardd yn y Rhath nes mlaen, felly roedd yntau wedi dod i'r canol i sawru rhywfaint o'r nos ac i weld tybed fydden ni yno. Wrth inni gerdded rŵan roedd 'na rai yn gollwng eu tân gwyllt a'u fflêrs o hyd, ond mi sylwais fod un ochr i'r stryd wedi llenwi efo bloda a chanhwylla, a'r bobol fel llygod yn dod allan o'u tai i'w gosod a'u goleuo, yn teimlo o'r diwedd eu bod nhw nid yn unig yn cael dathlu ond yn cael cyfle i alaru hefyd.

Mi synhwyris i dy fod titha isio llonydd felly dyma feddwl am ryw jôc wneud i dynnu coes Llew a dal i fyny hefo fo. Roedd o'n fwy na pharod i chwerthin ar y pynshlein wantan ar noson fel hon. Mi daris gip dros fy ysgwydd ac roeddat ti'n dal i ddod tu 'nôl i ni ond doeddat ti ddim efo ni chwaith, a finna'n meddwl tybed oedd gweld yr eglwys wedi gneud i ti feddwl am Gwen. Roeddwn i'n gobeithio ddim achos ro'n inna'n meddwl amdani hefyd a doeddwn i ddim isio i ddim darfu ar lawenydd heno ond roeddwn i'n gwbod, os oedd y ddau ohonan ni'n meddwl amdani, y basa raid i ni siarad amdani hefyd ryw ben.

Wrth basio dan ola lamp ar Heol y Plwca mi oedd 'na haid o chwiws yn hofran a dyma fi'n trio chwifio o 'nghwmpas i nadu iddyn nhw 'nghnoi fi, a Llew yn chwerthin am 'y mhen i eto. O'n blaena ni roedd Mathew a Luned mewn sgwrs ddwys am rwbath ond doedd Llew ddim i'w weld yn poeni.

'Co'r piwied i gyd. Sdim gwyfynod, o's e?' ofynnodd o o nunlla.

'Nagoes, am wn i. Pam, oedd 'na arfar bod 'lly?'

'Sai'n gwbod. Sai eriôd wedi gweld gwyfyn ers i fi ddod i Gaerdydd i fyw.'

'Llwyth ohonyn nw adra siŵr o fod, yng nghorsydd marwaidd a diarffordd y gorllewin…?'

'Sai'n mynd i lyncu'r abwyd 'na, ddim heno. Ond so ti'n gweld e'n rhyfedd?'

'Dwn i'm. Oes 'na wyfynod mewn dinasoedd 'lly?'

'O's siŵr. Shwt ti'n meddwl ma dy jympyrs drewllyd di mor dyllog?'

I be oedd o'n mwydro fel hyn ar noson felly, ofynnis inna iddo fo.

'Darllen 'nes i, t'wel, bod gwyfynod mewn dinasodd wedi esblygu.'

'Esblygu i neud be, 'i g'leuo hi o 'ma? Call iawn.'

'Na na, ma nhw'n dal 'ma. Ond bo' ni ddim yn gweld nhw falle. Ti wedi clywed am y gwyfyn 'na esblygodd i fod yn ddu adeg y Chwyldro Diwydiannol, achos y llwch a'r lludw? Ma nhw'n gwic, t'wel, lot cwicach na ni. Erbyn hyn ma gwyfynod y ddinas wedi esblygu i osgoi gole, i beidio ca'l eu denu atyn nhw. Fel 'se nhw wedi dyall bod e'n beryglus. Clefar! Cadw mas o drwbwl.'

'Ha! A be ti'n drio ddeud, ein bod ni bobol yn dipyn mwy thic, ia?'

'Rhai ohonon ni falle. Cymer di Math 'na nawr. Eith hwn ar 'i ben i ganol y crowd yn canu a danso jig. Ma fe wrth 'i fodd, ma fe'n ffynnu ar y gole. Ond Dan. Welest ti fe, yn slipo bant pryd'ny wrth i bawb ddathlu? Sai'n gwbod. Sai'n gweud taw 'na yw'r ffordd. Ond bod 'da ti rai gwahanol. A Rhiannon myn'na nawr. Wy'n gwbod bod ti yn dy elfen ynghanol y chwyldro man hyn, Deri, y bardd-athro, ti'n freuddwydiwr, yt ti'n moyn bod yn rhan o'r hanes, bod ynghanol y digw'dd, er falle bo' ti'n lico ware'r *broody* myfyrgar-yn-y-gornel teip. Ond Rhiannon nawr? Sai mor siŵr. Ma ddi fel 'se hi mor agos atot ti, merch lyfli, ond mor bell ar yr un pryd.'

'Be ti'n drio ddeud, Llew?'

'Fel wedes i, sai'n trial gweud dim. Dim ond meddwl wrth basio a gweld y gole 'na, 'na i gyd.'

A dyna ni wedi dal fyny efo'r ddau arall oedd yn aros wrth ddrws Cilfach y Bardd, ac yn troi i dy weld di'n dod, ar goll o hyd yn dy feddylia, ond yn gwenu wrth ein gweld ni'n sbio ac aros.

Yng Nghilfach y Bardd roedd y lle mor llawn nes bod pobol yn gorlifo i'r stryd, ond dyma wthio'n ffordd i mewn a chael fod Dan yno'n barod, yn eistedd wrth fwrdd â pheint yn ei law, yn gwylio'r cyfan. Doedd ganddo fo'r un gair i neb er bod yna bobol mewn criwia o gwmpas ei fwrdd o. Ond draw â ni ato fo ac i drio gair efo fo, ac o dipyn i beth mi symudodd y naill griw a'r llall i ffwrdd nes bod gynnon ni'r bwrdd i ni'n hunain.

'Le yffarn ti 'di bod?' oedd ffordd Llew o gyfarch Dan ond wnaeth o ddim ateb, dim ond gwenu. 'O'n i'n meddwl bo' ti am fynd lawr i'r Bae.'

'Sut hwyl oedd i'w gael yno?' triodd Luned.

'Fuas i'm yn y Bae.'

Erbyn dallt roedd Dan wedi bod ar un o'i dripia ac wedi dod 'nôl yma ar y tram. Mi ostyngodd ei lais, fymryn yn rhy ddramatig o styriad ein bod ni mewn lle mor swnllyd ac o feddwl hefyd, gobeithio, nad oedd angen gostwng ein lleisia heno o bob noson. Roedd Ben yn ôl yn y ddinas, ma'n debyg, wedi dychwelyd o Eryri ers rhyw wythnos. Roedd o efo Gwydion a'i griw yn rhywle ac roedd pawb yn cadw'u penna i lawr o hyd, yn aros nes eu bod nhw'n hollol siŵr. Doedd dim diben bod yn fyrbwyll, tybiai Ben, yn enwedig rŵan a nhwytha bron yna. Ond a oeddan ni'n dathlu'n rhy fuan felly, ofynnist titha, a Dan yn ateb bod rhwydd hynt inni wneud fel mynnon ni.

A wir, ddaeth 'na fawr ddim o ben Dan wedyn, er ei fod o'n yfed fel y cythral. Roedd o fel rhyw losgfynydd barfog ar echdorri ac roedd arna i'i ofn o braidd, eisio trio'i dynnu o mewn i'r hwyl ond ofn ei wylltio fo. Roedd o am fod efo'i frawd ac efo Gwydion, yn cynllwynio ac yn paratoi, nid yn fama'n dathlu efo rhyw fân chwaraewyr fel ni. A phwy a ŵyr nad oedd rhan o'i feddwl o hefyd ar Gwen. Diolch byth am Mathew wedyn, oedd i fod wedi nôl diod i ni ers meityn ond oedd wedi'i ddal ynghanol rhyw griw a finna'n gweld bod hanner fy mheint i ar y carped a dros ei lawes o bellach. Mi gyrhaeddodd yn y diwedd, dim ond i roi'r diodydd i lawr ac yna i droi'n ôl i ganol y dorf ac i ddechra canu ar dop ei lais. A gan mai Mathew oedd o, yn fuan roedd gynno fo'r holl dafarn yn canu hefo fo, 'Pe gwyddwn i mai gwir y geirie awn â gyr o wŷr ac arfe, i gyrchu corff yr hedydd adre'. Chlywis i 'rioed y fath ganu na chynt na chwedyn. Yn toeddan ni i gyd wedi canu hon, yn llawer distawach ac yn fwy prudd, ddega o weithia dros y misoedd? A sŵn y gân yn atsain hyd lethra Eryri yng ngolau'r ffagla yn fy nghof. Ac o'r holl ganeuon roeddan ni 'rioed wedi'u clywad, difwyn oedd pob un wrth y gân hon.

Erbyn y pennill ola, 'Cans er dod â byddin arfog, ac er codi braw ar yr hebog, ac er grisial ac er blode, er yr holl dylwyth teg a'u donie, ni ddaw cân yr hedydd adre', roedd pawb yn eu dagra. Rêl Cymry, yn dewis cân mor brudd ar awr mor orfoleddus. Ond roeddwn inna hefyd yn crio wrth ganu ac yn gafael amdanat ti'n dynn, ac er nad oeddat ti'n canu mi wyddwn fod Gwen ac Arthur a'r lleill i gyd yn dy gân ac yn dy dawelwch ditha hefyd. Dyma fi'n dy wasgu di fymryn yn dynnach nes peri iti droi i sbio arna i a finna'n trio gwenu arnat ti drwy'r dagra.

'Gyfeillion! *A chairde!*'

Llais Math, wedi llwyddo i dawelu'r dafarn eto, ac yn cyfarch pawb.

'Maddeuwch i mi. Dwyf i ddim yn un ohonoch chwi. Rwyf i'n ffodus iawn, ar un wedd, oherwydd rwyf i eisoes yn gwybod bod fy ngwlad, fy nghenedl, wedi diosg ei hualau a dod yn rhydd. Ond doeddwn i ddim yno i weld ac i dystio i hynny, genedlaethau'n ôl. Heno caf gyfranogi o'ch gorfoledd chwithau!'

Bonllef, a'r dafarn yn codi'i gwydra. Ond gosteg eto wedyn.

'Dyw'r hewl hon ddim wedi bod yn un hawdd. Ac mae hewl hir eto o'n blaenau. Ond os na chawn ni ddathlu heno, pryd? Erbyn y bore bydd y niwl ar godi, a bydd yna sgyrsiau hir ac anodd i'w cael. Heno, caiff y sgwrs ferwi yn orfoledd ac yn gân!'

Bonllef arall.

'Mae heno'n noson i gofio, hefyd. I gofio'r rhai a gollwyd ar y daith. Colli Arthur ger y rhyd yn Llandeilo, a'r rhai a wynebodd y gelyn yn ddewr ac a dorrwyd i lawr. Rhai eraill a ddiflannodd yn dawel i'r nos heb gyfle i ddangos eu gwrhydri.'

Yn dawelach rŵan, a chan daflu cip draw aton ni.

'Fy hun, fe fydda i'n cofio heno am rywun annwyl iawn. Merch ddistaw, ddewr, a ddaliwyd ynghanol hyn oll. Diniwed, hefyd, ond ffyddlon a thriw. Diolch i'r nef am ei brodyr hi, sy'n dal i arwain y frwydr hyd y dydd.'

Pawb yn murmur eu cydsyniad. Allai Dan ddim ond syllu i'w beint heb godi'i ben.

'Gyfeillion, ga i ofyn i chi godi'ch gwydrau, er cof.'

Cododd pawb ei wydryn ac mi allech glywed degau o enwau'n atseinio drwy'r dafarn.

'I Gwen,' medda pawb ohonon ninna wrth ein bwrdd ni. A chan dybio bod yr araith drosodd, dyma droi'n ôl i ddechra sgwrsio efo'n gilydd. Ond doedd Math ddim cweit wedi gorffen eto.

'Gyfeillion, cha i ddim eich gadael ar y nodyn trist yna! Rydych chi Gymry'n rhy hawdd i'ch hudo i brudd-der. Fe ddefnyddiais i air yn gynharach: cyfranogi. Pan ddysgais i'r Gymraeg rai blynyddoedd yn ôl yn Llanbedr, fe syrthiais mewn cariad â'r gair hwnnw. Pam? Oherwydd ei fod yn air y mae gan bawb ei ran – ei gyfran – ynddo. Yr ydym ni wedi cyfranogi gyda'n gilydd o farbareiddiwch a thywyllwch y misoedd diwethaf. Ond heno cawn gyfranogi i – cyfranogi o, mae'n ddrwg gennyf – oleuni llawer mwy. Gyfeillion, codwch eich gwydrau unwaith eto. Yng nghwmni'n gilydd yma, rwy'n eich annog i gyfranogi. Eich annog i gyfranogi – Deri, yw honna'n gynghanedd? Ma hi? Did ye hear that, everyone?

I'm a bona fide bloody Welshman now. Finally! Fully fledged. And what a night to make it at last! Cyfranogwch!'

Bonllef arall a phawb yn rhyw hanner chwerthin ar y ffordd y daeth yr araith i ben. Gwasgodd Mathew ei ffordd tuag atom a dwylo'n patio'i ysgwydd bob gafael.

'Now come here, did I say that right? Are you sure it's not *cyfranogi i* – I'm sorry, Der, it just sounds weird to my ear like, but of course I defer to your superior authority on this. Your magnificent ears! Sure you've got a great ear.' Ei lygaid o'n fawr y tu ôl i'w sbectol, a chyrls ei wallt o'n dynn.

Roedd gen i fy mraich o d'amgylch di ac roeddat ti'n dal yn dawedog braidd a finna'n trio dy dynnu di'n nes fel tawn i'n trio dy lusgo di i'r hwyl. Eisteddodd Mathew yr ochor arall i ti, a Luned wedyn yr ochor arall iddo fynta.

'On'd oedd honna'n araith arwrol?' gofynnodd Luned i neb yn benodol.

'Iasu, Math, ti'n un dwl, wyt,' cynigiodd Llew. Gwenu wnâi Mathew.

'Ew, ma dy Gymraeg di 'di gwella sti, Math.'

'Diolch, Luned. Be amdanat tithau, Dan? Wnest ti fwynhau cyfranogi o'r araith arwrol yna, mewn Cymraeg *new improved* a graenus?'

Gwenodd Dan yn araf. 'Dwi'n meddwl bod be wnest ti yn beth ffwcedig o ddwl i'w wneud.' Roedd Math wedi'i daflu braidd.

'Pam felly, gyfaill?'

'Os na 'di hynny'n berffaith amlwg, ti'n fwy o Wyddal nag oeddwn i'n feddwl.'

'Dan! Tyd 'laen.'

'Creu stŵr, Luned, a thynnu sylw aton ninna, a'r gwaith heb ei orffen, a brawd un o'r rhai fydd yn codi unrhyw funud i oresgyn y Senedd yn ista hefo fo? Pen ffwcin rwdan!'

'Dere, *a chara*. Cyfranoga. Cymer beint gen i a bydd y niwl yn siŵr o godi.'

Be oedd yn wych am Math oedd nad oedd tymer ddrwg Dan yn cael unrhyw effaith arno fo, bron. Roedd arna i ofn y dyn drwy 'nhin ac allan.

'Be sy haru nhw? Pam nad ydyn nhw wedi cymryd yr awena'n barod? Pam nad ydan ni'n gweld llunia ohonyn nhw'n hongian baner y ddraig dros flaen yr adeilad?'

'Dan, paid poeni, achan, ma nhw'n gwbod beth ma nhw'n neud. Sdim iws rhuthro'r pethe 'ma.'

'Fan'no ddyliwn i fod, nid yn meddwi efo'r plebs.'

'Diolch yn fawr, mêt!' oedd fy nghynnig tila i ar jôc, ond wnaeth o ddim ond syllu arna i.

'Dere nawr, gyfaill. Mae Deri'n gwybod yn iawn nad amdanon ni'r oeddet ti'n sôn. Ti'n iawn. Beth sy angen nawr yw arwriaeth. Rwy'n ysu am gael clywed rhywbeth, rhyw eiriau, arwrol.'

'Math...'

'Beth, Luned? Mae gen i hawl ar noson fel hon cael clywed rhywbeth yn y dull arwrol, yn y modd arwrol. Rhywbeth yn y dull Taliesinaidd.'

Tawn i byth o'r fan, ond roedd arlliw hanner gwên ar wyneb Dan.

'Be am rywbeth gen ti i osod esiampl i ni, Math?' a finna'n synnu dy glywed di'n siarad.

'Na, mae hi'n hwyr glas i mi dawelu, a chyfranogi o eiriau

eraill. Mi allai hyn fod yn ddechreuad rhywbeth. Oes arwrol newydd yn ein llên. Rhywbeth fel hyn hoffwn i ei glywed o enau Manawydan ddewr, ein Dan ni. Bod ein hawr wedi cyrraedd a phenllanw'n brwydr genedlaethol ar ei anterth. Bod holl leisiau'r cenedlaethau wedi galw am yr awr hon, a'i bod yn bryd inni godi fel un i ateb ac i atsain eu bonllefau, ac i hawlio'r hen wlad yn ei hôl. Rhywbeth fel'na. Rhywbeth y gallet ti ei osod ar gerdd dant neu ei roi mewn sioe gerdd er mwyn i aelwydydd gael ei ganu ar ddiwedd noson.'

'Dwi ddim yn siŵr ydw i isio cyfranogi o'r rhethreg yna, Math.'

'Ddweda i wrthot ti beth wyt ti, Deri. Rwyt ti'n aelod o'r mudiad gwrth-arwrol. A ti, Rhiannon. Ti wedi dweud dim oll i amddiffyn yr arwrol. Dwed rywbeth arwrol, Rhiannon.'

'Ma'r amser i fod yn arwrol wedi hen basio,' meddat ti a doeddwn i ddim yn siŵr a oeddat ti o ddifri ai peidio.

'Iep. Fel ro'n i'n amau. Gwrth-arwriaeth ronc. Rhan o'r mudiad llenyddol dros pathos a bathos. Pathetig...'

'Dwi am fynd yn munud,' meddat ti wrtha i'n ddistaw.

'Ddo i efo chdi. Dwi 'di blino hefyd. Gawn ni gysgu.'

'Na. Fy hun, Deri. Nid i'r tŷ, i'r sbyty.'

'I be ei di yno bellach, Rhi? Mae'n hwyr. Os ydyn nhw wedi gneud hyd yma hebdda chdi.'

'I nôl fy mhethe.'

Roeddwn i'n yfed fy mheint ac yn sbio drwy'r ffenest. Wrth roi'r gwydr i lawr fedrai fy llaw i ddim peidio â chrynu.

'I le ei di, Rhi. Efo fo?'

'Pwy? O.' A 'ngweld i'n edrych draw at Mathew, yn frenin ar ei ynys, ac wedi dod â Dan hefyd allan o'i gragen erbyn hyn. 'Honne'n slap ar 'y moch i. Pam ti mor paranoid, Deri?'

'Dwi ddim… Jyst, poeni.'

'Amdanat ti dy hun, ie? Pam ti'n neud hyn bob tro? Dwi 'di deud wrthat ti o'r blaen.'

'Dwi'n gwbod. Ti 'rioed wedi'i weld o fel'na. Sori, jyst heb arfar efo sylw rhywun fel chdi.'

''Na ti eto!' Roeddat ti'n flin rŵan. Roedd hynny'n gysur, gallu dal i dy wylltio di.

'Sori.'

'Stopia ddeud sori!' Yn ddigon uchel i ambell un o'r cwmni droi ei ben.

'Ocê. Sori – na – ocê. Sut ma'r gwin?'

'Iawn. Ddylwn i ddim yfed mwy. Rhag ofn iddyn nhw alw.'

Munud nesa, dyma Llew yn ôl o'r bar a wisgi a jin lond ei haffla. ''Da fi rwbeth arwrol i'w weud,' cynigiodd ynta.

'Dere, frawd. Gad i ni gyfranogi o'th arwriaeth,' medda Mathew yn bywiogi drwyddo.

'Beth am hyn?' cynigiodd Llew. 'Yn enw Arthur, ac yn enw holl gewri Cymru a saif ynom drwy gysgodion y canrifoedd, y tywalltwn y gwaed hwn oblegid ein plant. Boed i'r awr hon byth mwy, doed a ddelo a bid a fo, seinio ac arwyddo a datgan rhyddid ein cenedl, a boed i'r atgof ohoni ddwyn ofnadwyaeth a braw i galonnau'n gelynion.'

'Oblegid – gwych. Yr apêl at y plant. Y gorchmynnol a'r dibynnol. Hyfryd. A'r ofnadwyaeth yng nghalon y gelyn. Arwriaeth ar ei gorau. Fe ei di'n bell, gyfaill. Y cyffyrddiadau cynganeddol. Y fath ddulliau rhethregol.' Roedd Dan hefyd yn chwerthin erbyn hyn.

'Wel ar ôl y rwtsh yna, dwi'n fwy na hapus i berthyn i'r clwb gwrth-arwrol,' meddwn inna gan achub ar y cyfla cyn i ti allu mynd. 'A ga i gynnig ein bod ni'n symud ymlaen i'r frwydr nesa, ac i gyfranogi o win croeso tafarn arall? Gwagiwch eich cyrn hirlas, gyfeillion.'

'A finnau'n meddwl ein bod wedi dy golli i wrth-arwriaeth,' ebychodd Math wrth godi. 'Y cynnig mwyaf arwrol i mi'i glywed eto!'

*

I dafarn yr Hen Fanc yr aethon ni wedyn, gan gerdded ar hyd Heol Albany a throi i lawr Stryd Wellfield, at yr hen adeilad ar y gornel efo Stryd Bangor. Roedd hwn yn lle hen ffasiwn, braf, efo nenfwd uchel a gwydr barugog, ac yn ddigon agos at y tŷ ar allt Penylan i fod yn *local* inni slawar dydd, cyn i bawb orfod mynd ar ddisberod a chadw'u pennau i lawr. Fan hyn oedd y lle naturiol felly i roi coron ar y noson heno. Roeddwn i'n trio gadael i'r lleill fynd o'n blaena ni, er mwyn imi gael dy holi di be oedd yn bod, dy berswadio di i aros, ond mynnu dal efo nhw wnaet ti bob gafael. Ond pan gyrhaeddon ni doedd yr un bwrdd yn ddigon mawr inni i gyd eistedd o'i amgylch, felly mi fu raid i ti ista efo fi, fymryn yn gyndyn, ar wahân i'r lleill.

Ymhen hir a hwyr daeth rhagor o'r criw i mewn, nes oedd y lle'n un steddfod fawr a phawb yn setlo am y noson. A hithau'n hwyr erbyn hyn. Gwenais arnat ti a thrio cymell gwên yn ôl, trio fflachio fy llygaid arnat fel tasa'r fath beth yn bosib. Mi gynigis ddiod arall iti ond doeddat ti ddim isio.

Rhag ofn, meddat ti, y byddan nhw'n galw. A galw wnaethon nhw wedyn a dy ffôn sbyty di'n fflachio fel diawl ond wnest ti ddim codi a mynd chwaith. Mi wyddet y byddai 'na le o beidio â mynd, yn enwedig ar noson fel hon. A'r ddinas yn ei chwman, dal i rygnu'n ei flaen wnâi gwaith y sbyty, a mwy a mwy yn cael eu cymryd i mewn – chymeren nhw mo heno'n esgus, beryg.

'Mi a' i yn y munud,' meddet ti.

Doedd gen i ddim ateb, dim ond syllu ar y bwrdd a dechra pilio'r croen oddi ar y mat cwrw o 'mlaen. Roeddan ni'n dau'n styfnig ac yn gyndyn, a pha hawl oedd gen ti i neud hyn heno, pan oedd popeth am unwaith yn mynd yn iawn a dathlu yn perthyn i ni?

'Be wyt ti isie?' dyma chdi'n gofyn. Roeddat ti wedi rhoi'r ffôn sbyty yn ôl yn dy fag.

'Dwn i'm. Ym. Siarad? Awn ni allan?'

'Na – be wyt ti isie i yfed?'

'O – wel… be ti am ga'l?'

'Dŵr ne rwbeth.'

'Dŵr, heno? Cym win bach arall. Gyma i efo chdi, un coch, ma'r cwrw 'na'n pwyso arna i.'

Wrth i ti gerdded at y bar ro'n i'n dy wylio. Mae'n rhaid bod y lleill wedi sylwi. Mae'n rhaid eu bod nhw'n meddwl 'mod i'n rhy ddwys, y dylwn i roi lle i chdi, gofod. Y cyfan allwn i'i weld oedd dy gorff di drwy dy ddillad, y noson honno, ti ar fy mhen i.

Pan ddoist ti'n ôl roeddat ti'n fwy penderfynol ac roedd gen ti dy win yn dy law. Roeddwn i isio coelio dy fod ti'n barod i roi'r holl beth heibio, yn barod i roi dy hun i heno ac y byddem ni'n chwerthin efo'r lleill mewn pum munud.

'Tyd, be am i ni fynd draw atyn nhw. Ma raid i ni ddathlu – dathlu'n rhyddid!'

'Ie ond dyna i gyd den ni'n neud, Deri. Dydi Cymru ddim yn rhydd eto, ddim yn iawn. Wyt ti ddim yn gweld mai rŵan ma'r gwaith yn dechre?'

'Dyna pam dylsat ti aros, Rhi! Ni'n dau, efo'n gilydd, dychmyga be allwn ni'i gynnig i'r hen wlad 'ma —'

'Paid, Der. "Ni" o hyd. Tisie'r gwin 'ma?'

'Nadw siŵr. Yf o! Pam alli di'm jyst —'

'Plis paid â gwylltio. Dwi ddim isie, ocê. Dwi'n mynd.'

'Aros. Sori.'

'Stopia!'

Dyma chdi'n syllu ar y gwin newydd, oer, gwyn, o dy flaen heb ei gyffwrdd o.

'Rhi, dwi'n dallt. Wir, mi ydw i. Ond pam na 'sat ti'n anghofio am heno? Cysgu ar y peth, penderfynu'n bora pan fydd y niwl wedi clirio.'

'Dwi 'di rhoi hyn heibio'n rhy hir yn barod. Wedi cysgu ar y peth, lot.'

'Ia, ond meddylia am y bora – y mwg wedi mynd, a'r hen lywodraeth i'w ganlyn. Gei di gerdded lawr y stryd mewn prifddinas gwlad rydd!'

'Be ma un noson yn ei newid? Un wthnos o ladd yn benllanw ar fisoedd o waed? Nid dyma'r wlad rydd y dechreues i frwydro amdani – ma hi wedi'i throi'n rhywbeth arall gan rai fel Gwydion ac Arthur, a Ben. Be wneith mymryn o waith llnau pafin ei newid?'

'Yn hollol. Meddylia am y gwaed sy wedi'i dywallt er mwyn i ni gael dod cyn bellad.'

'Nid eu gwaed nhw oedd o i'w roi.'

'Alli di mo'u bradychu nhw rŵan drw godi dy bac a mynd. Meddwl am Gwen!'

Mi rewist ti. Dy wynab di'n galchan. 'Paid ti â meiddio.'

'Mi fysa hi isio i ti aros.'

Yn cochi wedyn, ac yn gwylltio efo fi, gwylltio distaw. 'Sut wyt ti'n gwbod? Sut bod gen ti wyneb hyd yn oed i sôn amdani hi, i ddeud ei henw hi?'

'Chdi gododd y peth.'

'Fy ffrind i oedd hi.'

'Wel os felly, ma arnat ti hyn iddi hi – gorffan be roedd hi'n gredu ynddo fo yn fwy na neb.'

'Ti? Yn deud wrtha —' Ac roeddat ti mor flin, roeddat ti'n ca'l traffarth dod â'r geiria allan hyd yn oed. 'Ddeuda i wrthat ti'n union be sy arna i i Gwen. Troi'r cloc 'na'n ôl. Dyffeio'r milwyr ar y stryd, martsio heibio i'w *checkpoints* nhw, a'i chymryd hi o'r hofel afiach yna yn syth i'r sbyty, waeth be wnaen nhw i fi – i ti – i'r blydi achos cyfan. Peidio â thrio delifro'r babi fy hun, a finne prin wedi pasio 'nhrydedd flwyddyn.'

Roeddat ti'n wyllt, yn gacwn, yn dy ddagra. Doeddwn i erioed wedi dy weld di fel hyn o'r blaen, ddim hyd yn oed pan ddigwyddodd o. Mwya sydyn doeddwn i ddim yn dy nabod di, fel tasat ti'n perthyn i fyd arall.

'Rhi, pam ti'n gneud hyn i ti dy hun? Arteithio dy hun fel'ma? Nid dy fai di oedd o.'

'Sut wyddet ti? Doeddet ti'm *yno.*'

'Doeddwn i ddim yn *gwbod*, Rhiannon. Doedd y gloman wirion ddim wedi deud wrtha i. Ti'n meddwl y baswn i wedi cadw draw yn fwriadol?' Fy nhro inna bellach i golli'n limpin, yn trio cadw'n llais i lawr rhag tynnu sylw.

'Dydech chi byth *yn* gwbod, nag ydech? Oeddet ti ddim wedi synhwyro, wedi darllen rhwng llinelle'i negeseuon hi?'

'Dwi'n dal i ddifaru'n enaid hyd heddiw nad oes gen i ryw allu i ddarllan eich ystyr hud chi.'

'"Chi". Pwy "chi"? Be wyt ti'n —'

'Rhi, plis. Ti'n gwbod yn iawn 'mod i'n difaru'n enaid am be ddigwyddodd efo Gwen, am be ddigwyddodd *i* Gwen. Ma hi ar fy meddwl i bob dydd – bob awr. Wir yr.'

'A finne hefyd. Bob eiliad. Dyna pam —'

'Ond ei dewis *hi* oedd peidio â mynd i'r sbyty. Ei dewis *hi* oedd rhoi'r achos cyn ei diogelwch ei hun, aberthu'i hun a'i babi hi – a'n babi ni – am ei bod hi'n *coelio*. Yn coelio yn yr hyn roeddan ni'n ei neud, a ddim yn dymuno peryglu hynny am bris yn y byd.'

'Dwi'n coelio dim o hynny. Ti sy'n coelio hynny, i olchi dy gydwybod dy hun. Ofn – unigrwydd – dyna be gadwodd hi o'r sbyty y noson honno. A'i ffrindie hi, ei chariad hi, ddim yno i edrych ar ei hôl hi.'

'Doeddan ni ddim yn gariadon! Un noson, dyna i gyd.'

'Un noson, Deri. Un noson pan ddylset ti fod yno, cariad neu beidio.'

Doedd gen i ddim ateb ac roedd y dafarn yn dechra tawelu ryw fymryn, ond roedd 'na rywun yn y gornel wedi dod o hyd i gitâr yn rhywle. Er nad oeddat ti isio'r gwin mi yfist joch ohono fo'r un fath. Ro'n i'n marw am bisiad ond doeddwn i ddim isio i ti fynd i nunlle. Ddim isio dod 'nôl o'r lle chwech a chael dy fod ti eisoes wedi hedfan. Beryg na welwn i chdi eto ac y byddat ti'n rhan o chwedl y noson yma am byth, a dim mwy na hynny.

Chdi gododd yn y diwedd i fynd i'r lle chwech, pan ddaeth Luned at y bwrdd a gofyn oedd popeth yn iawn a gneud llygada mawr arna chdi, a'r ddwy ohonoch chi'n mynd wedyn efo'ch gilydd. Oeddwn i wedi mynd cynddrwg â hynny, lle'r oeddwn i'n gwarafun hynny hyd yn oed? Y syniad bod gynnoch chi genod gyfrinacha nad oeddwn inna'n cyfranogi ohonyn nhw. A'r gair hwnnw'n styc yn fy mhen inna hefyd bellach.

Mi achubais ar y cyfle a chodi am bisiad hefyd. Dyma Llew yn codi ar f'ôl i.

'Deri, aros funed. Gad iddi. Ma ddi angen lle.'

'Ddim ffwcin lori ydi hi.'

'M'isie bod fyla.'

'Be s'arna chdi, Llew? Dim merchaid ydan ni, mi alla i fynd am bisiad fy hun.'

'Fi angen un 'fyd. Raid bo' ni 'di synco!'

Pan ddoist ti'n ôl mi oedd hi'n amlwg ar dy wyneb fod y cyfla wedi'i golli a'r sgwrs ar gau.

'Alla i ddim aros, Deri. Mae hi ar ben pob stryd. Ei dagre hi ar bob cornel. Ma'n rhaid i fi fynd.'

'Ond ma gen ti waith mor werthfawr i'w wneud.'

'Dim ond gwaith ydi o. Paid â 'ngwneud i'n arwres. Dwi'n cael fy nhalu fel pawb arall.'

'Un o feddygon y Gymru Rydd, Rhi.'

'Fedra i ddim bod yma, Deri, mae o'n brifo gormod.'

'Ddo i efo ti, 'ta.'

'Alli di ddim. Mae hi yno rhyngddon ni. A faset ti'm yn dod i ffwrdd, ddim rŵan, ddim oddi wrth hyn i gyd.'

'I chdi? Baswn.'

'Faset ti'n annioddefol, yn ferthyr.'

'Fel Gwen?'

'Marw fel anifel wnaeth Gwen, nid fel arwr. Oedd hi'n haeddu gwell.'

Roeddat ti wedi tawelu bellach ac wedi sychu dy ddagra, finna wedi gobeithio mai dagra er fy mwyn i oeddan nhw. Roedd pobol yn dechra gadael rŵan a dyma fi'n digwydd edrach ar f'oriawr a gweld ei bod hi'n chwarter wedi tri y bora. I ble'r aeth y noson, a ninna heb ei chyfarch hi? Noson fwya, leia fy mywyd.

'Mi allsan ni fod wedi'i gneud hi'n iawn, chdi a fi.'

'Gallen, mewn byd arall falle, amser arall,' oedd dy ateb di yn rhesymol reit.

'Yli, ma hi'n hwyr. Yn gynnar, bron. I be'r ei di rŵan? Tyd 'nôl efo fi, jyst am un noson.'

'Ti'n deall llai nag oeddwn i'n ei feddwl hyd yn oed.'

'Alli di ddim rhoi hynny i fi. Ella y byswn i'n iawn ar ôl hynny,' gan wybod yn iawn na faswn i.

'Dyna ni eto. Meddwl amdanat dy hun.' Doedd 'na ddim defnyn o oerni ar ôl ar dy wydr di bellach. Gwin gwyn cynnas.

'I le'r ei di?'

'Y cyfandir. Ffrainc. Neu Affrica falle. Mae 'na lefydd fan'no, cleifion sy mewn llawer mwy o angen na fan hyn.'

Mi oedd boi'r gitâr yn rhoi'i offeryn heibio'n hamddenol,

a Dan erbyn hyn yn cysgu ar ysgwydd Math a'i geg agored o'n glafoerio. Dal i wenu wnâi Math ac roedd o wedi codi sgwrs efo'r criw wrth y bwrdd nesa, nhwtha'n chwerthin a fynta yn amlwg wedi eu hennill nhw'n llwyr fel na fedra ond Math ei wneud. Roedd o'n edrach draw bob hyn a hyn hefyd, ond ddudodd o ddim. Mi oedd Llew a Luned yn goflaid i gyd ac yn cusanu, a doeddwn i ddim yn synnu. Mae rhywun yn bownd o fod isio rhannu noson fel hon efo rhywun, cael taflu dogn o gynhesrwydd serch i mewn efo'r rhyddid newydd, ffres. Mwya sydyn, fel tasan nhw'n synhwyro 'mod i'n sbio, mi drodd y ddau a'n gweld ni, a gwenu a chwerthin yn swil, fatha'u bod nhw wedi cael eu dal. Gwên wan oedd gen i'n ôl iddyn nhw ond mi sbiais i draw arnat titha ac mi oeddat yn gwenu'n glên ac yn llawen ar Luned. Dim ond rhywun sydd ddim mewn cariad ei hun all wenu fel'na ar gariad ifanc rhywun arall.

Rhyw ochneidio oeddwn i wrth yfed fy ngwin a thrio dirnad heb allu dallt.

'Cha i ddim hyd yn oed deud 'mod i'n gobeithio dy fod ti'n gwneud y peth iawn, ac y byddi di'n hapus?'

'Na chei, achos ti ddim yn ei feddwl o.'

'Nadw.'

'Os ydi o'n help, fydda i ddim. Yn hapus.'

'Mi fyswn i wedi gwneud fy ngora i drio. Am byth.'

'Wn i.'

A dwi ddim yn meddwl 'mod i wir wedi credu y bysat ti'n mynd, hyd yn oed ar ôl yr holl sôn, hyd nes yr union eiliad honno i ti godi a rhoi dy gôt amdanat, a chodi dy fag, a gwthio tusw o dy wallt ar un ochr y tu ôl i dy glust, er mwyn plygu a rhoi sws ar fy moch i. A finna'n trio yfed gymaint ag y medrwn i o dy ogla di i mewn, ar goll yn dy wallt di ac yng nghroen dy foch.

'Mwynha dy ryddid,' medda chdi, heb arlliw o falais na thristwch. Ddudis i ddim, dim ond edrych o 'mlaen a thrio nadu'r dagra, gan hanner gobeithio y byswn i'n dy frifo efo fy mudandod. Sylwodd neb arall arnat ti'n mynd, ddim hyd yn oed pan aeth dy silwét di heibio i wydr barugog y bar.

*

Wnes i ddim aros yn hir wedi hynny. Mi ddoth Math draw a gofyn oedd popeth yn iawn efo chdi a finna'n flin efo fo am sylwi, ac mi ddudis glwydda wrtho fo y baswn i'n dy weld di wedyn. Mi ffarweliais efo gweddill y criw a nhwytha'n synnu o ddallt dy fod ti eisoes wedi mynd. Mi ddudis inna dy fod ti wedi gorfod mynd am y sbyty, heb drafferthu hefo gweddill y gwir. Mi gâi hwnnw aros tan y bora. Erbyn imi stryffaglu allan mi oedd y wawr wedi torri, a finna'n cofio breuddwydio, oriau ynghynt, y byddwn i'n ista'n rhywle hefo chdi erbyn hynny, yn ei chroesawu hi dros y tyrau a'r toeau a ninna'n edrych 'mlaen at ryddid efo'n gilydd. Ond, mewn ffordd, mi gefais i'r wawr yn dy gwmni di hefyd achos wrth imi gerdded adra roedd y parciau'n llawn adar yn dadebru ac yn dechra canu ac mi feddylis i mi fy hun mai dy adar di oedd y rhain, adar Rhiannon. Roeddan nhw'n swnio mor bell ac eto mor agos.

Mi gerddais drwy'r strydoedd wedyn a hitha'n dechra glawio a'r tram ola wedi hen beidio â rhedeg a'r tram cynta heb hyd yn oed feddwl eto am gychwyn. Dwylo yn fy mhocedi a 'mhen i fyny tua'r entrychion, a'r ddiod a'r achlysur a'r noson benchwiban wedi gwneud rhyw adyn melodramatig ohona i. Bron na chlywodd y cysgaduriaid fy ocheneidiau. Gymaint â hynny oedd ohonyn nhw. Y peth alla i gofio ydi'r goleuada traffig, i fyny ac i lawr y stryd, i gyd yn newid, efo'i gilydd, yn taflu eu gola ar y tarmac hannar gwlyb a'r walia cyfagos, yn goch, wedyn yn oren, wedyn yn wyrdd, a 'nôl i goch eto. A dim un cerbyd yno i ufuddhau iddyn nhw.

Roedd gen i ryw obeithion mawr am fethu â chysgu ac am droi a throsi a gwayw yn fy nghalon ond mi wyddwn mai cysgu wnawn i, fel top, waeth beth oedd maint y boen, a'r cwrw'n drwm. Ac yn y bora mi godwn ac mi fyddai'r holl noson bendramwnwgl yn dod yn ôl i mi, y dathlu a'r gorfoleddu mawr, a'n tristwch bychan, distaw ninna yn ei ganol o i gyd. Ninna'n gwybod rŵan hyd yn oed yn gliriach na neithiwr ei bod hi ar ben, a gweddill y wlad dim ond megis dechra. Mi fydda'r niwl wedi codi ac mi fydda gwaith rhoi gwlad yn ôl ar ei thraed. Mi fydda Dan yn fy ffonio i jecio oeddat ti efo fi, am nad oeddat ti yn dy wely dy hun yn y Rhath bell, a'r ffaith mai dyna'r posibilrwydd cynta i'w daro fo, mai dyna'r peth naturiol, yn gwneud i bob dim frifo hyd yn oed yn fwy wedyn am y byddwn i'n gwybod na ddeuet ti fyth 'nôl i 'ngwely ac i 'mreichia i eto. Finna wedi breuddwydio y bysa popeth yn glanio'n dwt efo'i gilydd rywsut: ein rhyddid ni, a therfynoldeb parhaus dy gorff di'n groen gŵydd wrth f'ochr i am byth bellach. Allwn i ddim dathlu un peth heb y llall, mwya'r cwilydd imi.

Ond yn y bora y bydda hynny. Am heno mi gawn simsanu

fy ffordd adra drwy strydoedd y ddinas a'r mwg yn dal i godi, a chymryd arnaf na fyddwn i fyth yn cyrraedd y tŷ. Am heno roeddan ni'n rhydd, ac roeddat titha'n dal efo fi.

Rhinweddau anghofrwydd:

Ailgyd-destunoli olion archaeolegol Maes Gwyddno

*D*EUTHUM O HYD *i'r llith ganlynol ymhlith papurau anghyhoeddedig y diweddar Ddr Mererid Rees, BSc (Oxon) MSc MPhil DPhil FRS FMedSci etc., darllenydd yn Adran Archaeoleg Môr Prifysgol Aberystwyth. Credaf mai ei bwriad oedd cyhoeddi ffurf ar y darn yn adran nodiadau Gwymon, cyfnodolyn astudiaethau archaeoleg môr sydd yn ymddangos yn flynyddol. Gan nad yw'r darn yn orffenedig ni fu hynny'n bosibl, ond cefais ganiatâd ystad Dr Rees i'w atgynhyrchu yma.*

Tynnwyd fy sylw at gopi ffacsimili o Lyfr Du Caerfyrddin, atgynhyrchiad 1888 J. Gwenogvryn Evans, a gedwir yn llyfrgell yr Adran Archaeoleg Môr yma yn Aberystwyth. Fe'i crybwyllwyd wrthyf un dydd gan yr Athro Emeritws Telos Fratelli yn yr ystafell gyffredin, cyn i honno gael ei chau ddiwedd y 1990au oherwydd pryder yr awdurdodau y gallai trafodaethau rhwng staff dros goffi neu sieri arwain at gydweithio pellach rhyngddynt na ellid, oherwydd ei natur hanfodol 'amaturaidd', ei gyfri'n berthnasol nac yn asesadwy o fewn fframwaith asesu ymchwil cyfredol prifysgolion Prydain. Eu pryder oedd y tynnai hyn oddi ar yr amser a neilltuid i farcio traethodau ac arholiadau. Ond mynegodd yr Athro Fratelli imi ei farn ei bod yn werth turio, o bryd i'w gilydd, yn ddiamcan a heb fwriad penodol drwy'r llyfrgell, oherwydd y gallai hynny yn ei dro arwain at fewnweladiadau newydd i'n maes. Er enghraifft, gofynnodd yr Athro Fratelli imi, a'i drawswch yn llaith gan de, a sylwasoch erioed ar yr adran ffacsimilïau o lawysgrifau Hen Gymraeg a Chymraeg Canol, ac a feddyliasoch erioed beth oedd diben cadw'r rheini mewn adran Archaeoleg Môr? Tybed hefyd, gofynnodd, a'i foch yn dechrau cochi gan ddireidi, a sylwaswn erioed ar rai gwahaniaethau bychain, llithriadau oedd ei air os cofiaf yn iawn, rhwng y rhain a'r copïau gwreiddiol a gedwid yn y Llyfrgell Genedlaethol ar y bryn. Atebais innau mai pur brin oedd fy amser, rhwng y marcio a'm dyletswyddau angenrheidiol fel Tiwtor Derbyn, Swyddog Arholiadau, Swyddog Arfer Annheg, Swyddog Amrywiaeth a Chydraddoldeb, Tiwtor Israddedig, Tiwtor Ôl-raddedig, Cyfarwyddwr Ymchwil, Ymgynghorydd Dysgu ac Addysgu, a Phen Menestr gyda gofal neilltuol dros de, coffi a sieri yr Adran (dim ond dau aelod o staff oedd gennym, ac roedd yr Athro Fratelli, fel Athro Emeritws ac ar gyfrif ei waith rhyngwladol gydnabyddedig ar erydiad cestyll tywod ym Mholynesia Ganol, wedi'i esgusodi o ddyletswyddau gweinyddol), hyd yn oed i barhau â'm hymchwil allweddol ar strwythurau addurniadol silffoedd cyfandirol a cheunentydd rhwng 200m a 500m islaw lefel y môr, ac nad oedd gennyf ar unrhyw gyfrif felly amser i fynd i ymhél â Chymraeg Canol mewn llyfrgell lychlyd. Gwenodd yr Athro'n siriol, a dywedodd y dylwn, ar ddiwedd diwrnod o ddarlithio a chyn ymadael am fy swper efallai, roi tro sydyn ar rai o'r ffacsimilïau, a chwilio yn benodol am yr ymadrodd 'gnawd gwedi traha tranc hir'.

Aeth y sgwrs hon yn angof am rai wythnosau, hyd nes imi, ar ddiwedd wythnos neilltuol drwm o ddysgu a gwaith gweinyddol, gofio un noson fod arnaf angen mynd i chwilio am gyfeirnod penodol mewn llyfr arbenigol a oedd yn ein meddiant yn y llyfrgell adrannol. Deuthum o hyd i'r cyfeiriad yn bur ddiffwdan, ond cyn gadael a diffodd y golau, fe'm hatynnwyd at y silff uchaf yng nghilfach gefn y llyfrgell lle cedwid yr amrywiol ffacsimilïau o lawysgrifau canoloesol. Cofiais am eiriau'r Athro Fratelli, ac er fy mod yn dra blinedig, aeth fy chwilfrydedd yn drech ac estynnais am yr ysgol symudol las. Wedi estyn ffacsimili'r Llyfr Du a'i osod ar y ddesg, euthum ati i chwilio am yr ymadrodd hwnnw, 'gnawd gwedi traha tranc hir'. Roedd yn amlwg i'r gwyfynod fod wrthi'n ymborthi, ac roedd nifer o ddudalennau'n dyllog a darniog ar ôl iddynt fod yn gwledda. Trwy lwc, canfûm y llinell ar un o'r tudalennau cyflawn a oedd heb eu niweidio, ac er bod pob llinell yn y llawysgrif yn rhedeg i'w gilydd, medrais ddeall mai llinell o fewn cerdd oedd hon: cerdd gymharol fer am Foddi Maes Gwyddno, a'r hanes cysylltiedig ynglŷn â Chantre'r Gwaelod. Yr oeddwn innau a'r Athro wedi rhoi cynnig ganwaith ar ddod o hyd i olion y cantref hwnnw heb rithyn o lwyddiant. Cyflymodd fy nghalon felly o ddarllen y geiriau hyn ond, er siom, nid oedd unrhyw beth ynghylch yr ymadrodd, na'r sgript a ddefnyddiwyd i'w gofnodi, na dim yn wir am y dudalen yn ei chyfanrwydd, yn fy nharo'n od nac anarferol. Ni wn ai'r wythnos hir a'r baich gwaith oedd i'w feio, ond wrth eistedd yn y fan honno ar fy mhen fy hun wrth olau lamp a'r adeilad yn wag o'm cwmpas, teimlwn yn bur isel fy ysbryd.

Caeais y clawr. Ond yn sydyn, cefais yr awydd i ddychwelyd i'm swyddfa gyda'r llyfr, ac at y teclynnau a'r offer a ddefnyddir gennym yn ein gwaith beunyddiol. Yr oeddwn yn argyhoeddedig na fyddai'r Athro wedi fy nghyfeirio at y llawysgrif a'r llinell honno pe na bai'n dymuno imi ddilyn rhyw drywydd a allai fod o fudd i'm hastudiaethau. Gosodais y llyfr ar fy nesg a gorfu imi chwilio drachefn am yr ymadrodd perthnasol. O gael y dudalen, codais y llyfr eto a'i gludo i'r labordy, gan osod y cyfan o dan y sganiwr uwchfioled.

Ni allwn gredu'r hyn a welwn. Yno, o dan y golau porffor, gwelwn, er nad yn berffaith eglur, dalp o ysgrifen mewn llaw wahanol i eiddo'r prif ysgrifydd, ar ymyl y ddalen. Dyma'r hyn a ddywedai'r talp hwnnw:

kannys y kenedyl honn hagen yd oed kenedyl o dynion nid kou oed arnadunt. Seu iw ystyr hynn, ni bydei gwr na gwreic onadunt y bydei gantaw kou nac atkou or pa le y daeth nac o pa gwreic y ganwyd eu. Nit kou gantaw ychweith dim ystoria na chwedyl o ba le y doeth e kenedyl na pha rann a doethai idaw na doe nac echdoe nac iw gwreic na meib na merch onadunt. Nit oed ir kenedyl honn arwr nac arwred kannys anghou gantynt gwedi ei digwyd yd oed un rhyw weithret na geir. Kounot nit oed gan na gwlat na gwlatwr na llyw o uynych drychinep nac angkysson luydyant. O herwyt hynny y geirieu hynn a nodir yma, gwrhyt gwymmonieit ae kant, seu oet ynteu unic hoedyl dianc kyulauan

olau kantreu e gwaelot, prif dinas yrhwn a elwir maes gwydno
ac yssyd nyt amgen seith neng mil a phetwar kan cuuydd o aber
auon reitawl a phum gwrhyt islaw y tonneu.

O'i ddiweddaru, byrdwn y darn, o'r hyn y gallaf ei ddeall, sydd fel a ganlyn: roedd y genedl, neu'r llwyth, a drigai yng Nghantre'r Gwaelod, yn genedl unigryw oherwydd nad oedd ganddynt gof, neu o leiaf na roddent fawr o bwys na bri ar gof nac ar gofio, i'r graddau nad oeddent yn ymddiddori yn hanes eu teulu a'u gwreiddiau eu hunain. Yr oedd gan hynny oblygiadau ehangach, wrth gwrs, oherwydd ni allent feddu ar chwedlau na hanesion nac arwyr nac arwriaeth, oherwydd na chofient ddim. Nid oedd ganddynt hyd yn oed, yn ôl yr awdur hwn, unrhyw gofnod na chronicl o'u hanes eu hunain fel pobl. Ymddangosai mai'r unig hanes a oedd wedi goroesi oedd hanes y boddi terfynol hwnnw, a hynny dim ond oherwydd fod un person wedi goroesi'r gyflafan, ac wedi sylweddoli, fel y gallwn i ei ddirnad, fod angen cofnodi difodiant olaf ei bobl. Beth a ddaeth wedyn o'r gŵr hwnnw, a pham na chofnododd ragor o hanes ei genedl, ni wn, oni bai nad oedd cof o gwbl o'r hanes hwnnw ganddo. Ond yr oedd fy nghalon innau'n cyflymu wrth ddarllen: ar ddiwedd y cofnod, ceid mesuriad tra manwl o leoliad Cantre'r Gwaelod mewn perthynas â'r tir fel y mae heddiw. Er gwaethaf fy lludded, neidiais mewn cyffro, ac addewais i mi fy hun y byddwn yn cusanu'r Athro Emeritws hynaws pan welwn ef nesaf. Nid oes gan y ffaith imi anghofio'n llwyr wneud hynny maes o law ddim oll i'w wneud â natur newydd anghofrwydd, fel y'i dysgais gan y cofnod hwnnw.

Ar y bore Sadwrn felly, yn ddi-oed, yr euthum allan ar fwrdd *Prydwen*, ein cwch adrannol, er mwyn ymchwilio ymhellach a cheisio dirnad arwyddocâd y glosau – sef esboniadau ar ymyl tudalen – y deuthum ar eu traws. Yn gynnar y bore roeddwn wedi ymofyn am siart manwl o Fae Ceredigion ac wedi nodi arno gromlin ar ardal y môr a ddisgrifiai 70,400 cufydd o Aberystwyth. Hwyliais allan tua'r pwynt mwyaf deheuol gyda'r bwriad o chwilio a chanfod, wedi degawdau o aros, Faes Gwyddno.

Yn ystod y daith bûm yn myfyrio'n ddwys ar yr hyn yr oeddwn wedi'i ddarllen. O gymryd y cofnod fel gwirionedd, ac o ganfod tystiolaeth o ryw fath i'w gefnogi, byddai ein dealltwriaeth o holl ddiwylliant Cantre'r Gwaelod ac, yn wir, Gymru'r Oesoedd Canol, yn newid yn sylfaenol. Meddyliais am ein cred y rhoddid bri mawr gan Gymry'r Oesoedd Canol ar bethau fel chwedleua ac adrodd straeon, ac ar drosglwyddiad llafar, ar gof, y chwedlau hynny dros genedlaethau. Cofiwn hefyd am holl gyfundrefn y gynghanedd a oedd, yn ôl rhai, wedi'i llunio a'i ffurfio er mwyn ei gwneud yn haws i bobl gofio'r hyn yr oeddent wedi'i gyfansoddi er mwyn trosglwyddo'r farddoniaeth ar gof. O feddwl am y peth, am yr holl hel achau a llinachau, ac am y cof am Urien a Maelgwn a holl lwythau'r Hen Ogledd a ymgasglai yng ngwyll pellennig y genedl, daeth imi'r sylweddoliad fod ein perthynas ni fel Cymry â'r cof, ac â chofio, yn ymylu ar obsesiwn. Pam, felly, yr ymddangosai fod un llwyth neu un cantref yn gwbl wahanol, ac mor ddibris o'r cof nes na wyddent eu hanesion teuluol eu hunain?

Wedi cyrraedd pwynt mwyaf deheuol y gromlin a nodai

70,400 cufydd o aber afon Rheidol yn Aberystwyth, bwriais angor a mynd ati i danio'r teclynnau hydroacwsteg a fyddai'n fy ngalluogi i chwilio llawr y môr am olion o Faes Gwyddno. Bûm hanner awr wrthyf fy hun cyn cael y darlleniadau cyntaf ar y sgrin. Sylweddolais yn fuan y byddai'n cymryd cryn amser i fordwyo'r gromlin gyfan a chwilio'r holl ardal. Er nad oeddwn wedi cysgu rhyw lawer y noson flaenorol, roedd gennyf egni a gobaith nad oeddwn wedi ei deimlo ers misoedd maith.

Llwyddais i dramwyo pellter o rai milltiroedd yn ystod y dydd cyn gorfod anelu'n ôl am y lan. Erbyn imi wneud hynny roedd hi'n tywyllu a chyn imi ddynesu at y traeth roedd y nos wedi dod yn don dros y dref. Gallwn weld y goleuadau bach gwyrdd a choch yn pefrio oddi ar goesau pren y pier. Er nad oeddwn wedi canfod unrhyw beth y diwrnod hwnnw, cofiais mor braf oedd hyn, cael ymadael â'r gwaith papur a'r ddesg a'r ddarlithfa a bod allan yn yr awyr agored yn ymgymryd â gwaith maes, yn chwilio a chanfod a chwestiynu. Am hyn y plymiais i'r byd hwn ddeng mlynedd ar hugain a mwy yn ôl.

Gwrandewais ar rwndi isel yr injan yn ffrwtian ewyn tywyll i'r düwch o'm hôl a'r môr mawr agored wedyn. Clywais yn ddistaw i ddechrau ac yna'n dynesu y tonnau bas yn torri ar y traeth, a hwnt i'r rheini ambell gar ar hyd y prom a lleisiau'n gorlifo allan o ambell dafarn a chaffe ar y ffrynt. Allan yma, er gwaethaf y gwynt isel croes a gordeddai o amgylch fy nghwch, roedd fel pe bai pob sŵn o'r lan wedi'i chwyddo wrth gael ei gario ataf ar yr awel. Codai Consti i'r chwith o'r dref yn gwbl dywyll, ond roedd goleuadau'r gwestai ynghyn ac eraill ar gael eu cynnau, a meddyliais am y gwahanol fywydau a fodolai y noson honno ar y lan, y ffordd y byddai rhai ohonynt yn cyffwrdd a gweu drwy'i gilydd ac eraill ohonynt heb gyfarfod byth.

Gwnaeth yr holl oleuadau hynny imi feddwl am fy mywyd innau a'r bywydau a oedd wedi cyffwrdd â mi cyn hwylio i ffwrdd fel ar fôr tywyll. Synnais mai'r unig ddyn yn fy mywyd y dyddiau hyn oedd yr Athro Fratelli druan. Ble tybed yr aeth y lleill, y myfyriwr cemeg hwnnw y bûm yn ymhél ag o, Adrian, yn nyddiau cynnar fy noethuriaeth cyn i'm hawch am gael gorffen a'r angen i ysgrifennu fynd yn drech? Neu Pedr, y cyfreithiwr tawel, a flinodd ar aros yng nghaffes a thafarndai'r dref i olau fy swyddfa ddiffodd ar derfyn dydd ac a ddiffoddodd ei gannwyll yntau maes o law. A Dafydd, y cyntaf un, o'r un pentref â mi. Eisteddais yno a theimlo rhyw wacter o adael i'r dynion hyn lithro drwy fy mysedd, ac eto pe bawn yn onest â mi fy hun ni theimlwn ryw edifeirwch na thristwch mawr ychwaith, yn eistedd yno wrthyf fy hun ar fwrdd *Prydwen*, yn gwrando ar lepian y dŵr wrth odre'r cwch ac yn gweld goleuadau Aber yn amlhau.

Aeth dyddiau heibio, ysywaeth, cyn imi allu troi'n ôl at y gwaith ymchwil ymylol ond hynod gyffrous hwn. Nid oedd amser i fynd allan gyda *Phrydwen* i barhau â'r gwaith. Ond o gael rhyw hanner awr i mi fy hun, dechreuais wneud arfer o ddringo Consti tua 5.30 ar ôl iddi dywyllu, er mwyn ceisio ail-greu'r profiad hwnnw o ddal Aber gyfan yn fy llaw. Ar un o'r pererindodau hyn euthum â llyfryn bychan gyda mi, eto wedi'i fenthyg o'r llyfrgell adrannol, sef *Chwedlau a Llên Gwerin Bae Ceredigion* gan R. Gwynegon Davies (Trearddur,

1943), ac yng ngolau pŵl fy ffôn deallais fod sawl fersiwn o stori Cantre'r Gwaelod i'w chael.

Yn ôl un hanesyn yn y llyfr, roedd y bai am foddi Maes Gwyddno ar offeiriades a adawodd yn ei hesgeulustod i ddŵr o ffynnon y tylwyth teg orlifo. Mae fersiwn arall o'r stori yn cyflwyno ffigwr Seithenyn fel brenin o gantref arall sy'n ymweld â Chantre'r Gwaelod ac yn hudo ceidwad y porth, Mererid, i'r gwely, gan adael y dorau heb eu cau ac yn ddiamddiffyn. Yna, yn olaf, darllenais y fersiwn yr oeddwn yn fwyaf cyfarwydd â hi, sef yr hanes fod Gwyddno Garanhir, brenin Cantre'r Gwaelod a drigai ym Maes Gwyddno, wedi cynnal gwledd fawreddog; bod Maes Gwyddno a'r holl gantref wedi'i amddiffyn gan gyfres o fôr-gloddiau a llifddorau, bod angen i rywrai fod yn gyfrifol am agor a chau'r rhain yn ddibynnol ar y llanw, ac mai Seithenyn oedd yn gyfrifol amdanynt noson y wledd. Bu Seithenyn yn esgeulus a meddwodd yn y wledd, gan syrthio i gysgu ac anghofio'i ddyletswyddau, a llifodd y dŵr i mewn tra cysgai pawb ar ôl y gloddesta. Boddwyd y cantref cyfan a'i drigolion oll.

Wrth ddarllen yr hanes hwn fe'm trawyd gan ba mor fanwl oedd y disgrifiadau o'r llifddorau a'r môr-gloddiau. Mae'n rhaid fod cyfres go helaeth a chymhleth ohonynt, y naill ar ôl y llall, a bod angen cryn ddyfeisgarwch a dycnwch, yn gyntaf i'w hadeiladu, ac yn ail i'w hamddiffyn a'u gweithio. Yr oedd gennyf edmygedd mawr, mwyaf sydyn, at y peirianwyr hynafol a oedd wedi llunio a chodi'r fath system, ac wrth gwrs, dywedid bod tir Cantre'r Gwaelod mor ir ac mor ffrwythlon nes bod un erw ohono mor werthfawr â phedair erw yn rhywle arall, ac felly'n werth ei amddiffyn mor drwyadl.

Yn awr, roedd gennyf syniad gweddol o siâp a maint yr hyn yr oeddwn yn chwilio amdano. Yn drafferthus yng ngolau'r ffôn, gan gystwyo fy hun am wneud peth mor wirion â dod i fyny Consti yn y nos i ddarllen llyfr, gwnes fraslun brysiog o'r amddiffynfeydd fel y'u disgrifid yng ngwaith y gwron Davies. Wrth edrych arnynt, ymddangosent braidd yn frawychus, ac yn sicr byddent wedi edrych felly hefyd i unrhyw un a gyrhaeddai Gantre'r Gwaelod o gyfeiriad y môr. Am ryw reswm, meddyliais fod y rhain yn debyg hefyd mewn ffordd symbolaidd i'r modd y bydd y meddwl weithiau yn adeiladu amddiffynfeydd iddo'i hun rhag cofio, neu ddwyn yn ôl i gof rai digwyddiadau erchyll neu drawmatig yn y gorffennol: i nadu llif yr atgofion, codir cloddiau a chaeir dorau. Gosodir rhwystr ar ôl rhwystr y naill ar ôl y llall, nes os byddwn, trwy amryfusedd, yn dechrau mynd i feddwl am yr hwn neu'r llall neu rywbeth a ddigwyddodd, bydd y cof yn cau ei ddorau ac yn dyfeisio rhyw gast neu'n chwarae rhyw ystryw er mwyn ein harwain ar hyd llwybr arall. Dim ond pan fyddwn yn feddw neu wedi colli gafael ar ein rheolaeth dros y dorau hynny, wedyn, y daw'r cyfan i lifo'n ôl, ac i'n boddi efallai.

Cymerodd ryw dair mordaith seithug imi, gan aberthu fy Suliau prin a hithau bellach yn gaeafu, cyn imi gael rhyw lun ar lwyddiant. Roeddwn wedi llwyddo i fapio cryn filltiroedd o'r gromlin, ond heb ddarganfod dim o ddiddordeb pendant heblaw ambell ôl gweithgarwch rhewlifol o'r Oes Iâ ddiwethaf. Ar y bedwaredd daith, fodd bynnag, dechreuodd y cyfarpar hydroacwsteg ddatgelu patrymau anarferol ar wely'r môr, ac euthum ati i fapio a dylunio'r canfyddiadau ar unwaith. Nodais hefyd fy safle — yr oeddwn ryw saith milltir i'r de-orllewin o Sarn Gynfelyn, ond mwy na hynny nis datguddiaf rhag i eraill fynd i chwilio'r hyn a ganfûm fy hunan. Roedd y darlleniadau yn syfrdanol, ac ni allwn wneud na phen na chynffon ohonynt ar y pryd. Dim ond ar ôl hir fyfyrio yr wyf wedi llwyddo i ddechrau gwneud synnwyr o'r patrymau a ddatgelwyd imi gan y dechnoleg hydroacwsteg ddiweddaraf, technoleg, yn wir, nad oedd ar gael inni hyd rai blynyddoedd yn ôl.

Yn sylfaenol, mae olion amddiffynfeydd Maes Gwyddno (oherwydd yr wyf yn bur argyhoeddedig mai dyna ydynt) yn llawer mwy cymhleth na'r disgrifiadau ohonynt a geir yn y llenyddiaeth awdurdodol ar y pwnc. Datgelodd y darlleniadau hydroacwsteg nad yn llorweddol yn unig y mae'r amddiffynfeydd hyn yn ymestyn (rhyw chwech neu saith haen ohonynt) ond hefyd ar hyd yr echel fertigol. Hynny yw, y mae gwahanol haenau o ddyfnder yn perthyn i'r amddiffynfeydd, yn estyn o'r pum gwryd a ddisgrifir yn y cofnod gwreiddiol hyd at bedwar gwryd o dan hynny, wedi'u claddu bellach wrth gwrs gan lifwaddod ond yn dangos yn bur eglur ar y darlleniadau. Dengys y darlleniadau hefyd fod fflodiardau'r amddiffynfeydd yn rhai llawer mwy cain na'r hyn a ddisgwylid mewn adeiladau at ddibenion ymarferol yn unig: ymddengys y'u haddurnid gyda rhwyllwaith a cherfiadau, sydd yn ymdebygu i bortreadau neu ddyluniadau o donnau a gwahanol greaduriaid y môr, ond sydd yn amhosib i'w hadnabod yn iawn, wrth reswm, oherwydd y canrifoedd a aeth heibio, er gwaetha'r ffaith i'r pren gael ei garegu a'i amddiffyn yn rhyfeddol o dda o dan y llaid.

Y mae'r clychau a osodwyd ar bob llifddor hefyd yn rhai cain ac addurniedig, rhywbeth a fyddai wedi golygu ymdrech a chost nid bychan i'r gwneuthurwyr. Os yw'r rhain yn glychau gwreiddiol, y maent hefyd yn dwyn yr anrhydedd o fod y clychau cynharaf i'w canfod yng ngorllewin Ewrop o rai cannoedd o flynyddoedd. Diau y bydd angen rhagor o archwilio a thrafod er mwyn profi hyn.

Efallai nad yw'n amlwg i'r darllenydd lleyg fod yma gryn amryfusedd neu gyferbyniad rhwng y ddwy brif nodwedd y llwyddais i'w datgelu. Yn gyntaf, y mae'r gofal a gymerwyd wrth addurno a cheinlunio'r fflodiardau yn awgrymu swyddogaeth sydd yn mynd heibio i'r ymarferol yn unig: rhyw fath o swyddogaeth symbolaidd neu artistig. Yn fwy arwyddocaol na hynny, efallai, y mae'r addurniadau yn awgrym o natur fwriedig barhaol y llifddorau hyn: nid pethau dros dro i bara rhai misoedd neu flynyddoedd oeddynt, ond dorau y gobeithid y byddent yn destament parhaus i grefftwaith eu gwneuthurwr. Mae hynny'n anghydnaws â'r hyn a ddywed y cofnod gwreiddiol am natur anghofus trigolion Cantre'r Gwaelod, ac y mae'n cyferbynnu hefyd ag adeiladwaith yr amddiffynfeydd yn eu cyfanrwydd. Oherwydd yr unig ffordd y gallai'r holl gloddiau a muriau a llifddorau fod wedi'u strwythuro a'u cyfosod yn y fath fodd fyddai trwy gyfnod cymharol faith o adeiladu ac ailadeiladu. Hynny yw, yr wyf i'n cynnig nad *unwaith* y boddwyd Cantre'r Gwaelod: fe'i boddwyd drosodd a thro, o leiaf bum gwaith o fewn rhai cannoedd o flynyddoedd, gan ailadeiladu'r amddiffynfeydd bob tro, cyn cael ei foddi'n derfynol.

Efallai mai'r canfyddiad mwyaf syfrdanol, fodd bynnag, ydoedd imi sylwi yn y darlleniadau – ar ôl dychwelyd i'r lan – ar ffurf egwan, ynghladd yn y tywod. Ffurf betryal ydoedd, rai metrau yn nes at yr arfordir na'r amddiffynfeydd mawrion, ac felly fe ellid cynnig fod y ffurf betryal fechan hon wedi ei chadw ar un adeg o fewn muriau rhyw balas neu lys neu'i gilydd. Y mae'n destun dirgelwch i minnau nad oes nemor ddim olion o'r llys hwnnw, nac unrhyw adeiladau preswyl neu fasnach eraill, i'w gweld: yr hyn sy'n aros yn anad dim ac yn eironig, efallai, yw'r amddiffynfeydd eu hunain. Ni allwn adael i'r ffurf hon orffwys a rhaid oedd dychwelyd i'w chloddio. Bu bron imi â boddi *Prydwen* yn yr ymdrech ond llwyddais i gael o declynnau cloddio'r cwch adrannol godi'r ffurf o'r llaid i ddatgelu mai cist ydoedd.

Gyda'r fath ddarganfyddiad nid oeddwn yn gyfforddus yn ei archwilio ar fy mhen fy hun, rhag i rywrai gredu fy mod yn ffugio'r dystiolaeth. Euthum yn syth, felly, wedi dychwelyd o'r môr a glanio, at ystafell yr Athro Fratelli yng nghoridor uchaf yr hen adran, ond nid oedd yntau i'w weld yn unman. Sylweddolais nad oeddwn wedi ei weld o gwbl ers ymgymryd â'm menter newydd. Yr oeddwn erbyn hyn wedi dechrau esgeuluso fy nyletswyddau gweinyddol yn ddybryd, ac roedd safon fy narlithio hefyd, yn ôl yr holiaduron di-ben-draw a ddosberthid i'r myfyrwyr, wedi dirywio. Ond ni allwn aros mwy ac felly cludais y gist ar droli i'm swyddfa fy hun, a defnyddio yno un o'r polion oddi ar y cwch, gyda chryn drafferth, i'w hagor.

Nid oedd ynddi ddim ond pentwr o gyfrolau trwchus, wedi'u rhwymo mewn cloriau trymion tywyll a oedd wedi'u gwneud, fel y deallais yn ddiweddarach, o wymon. Yr oedd hynny, o leiaf, yn esbonio'r drafferth a gefais wrth geisio cario'r gist oddi ar y cwch. O'u codi'n ofalus a'u gosod ar fy nesg, a bodio trwyddynt fesul un, cefais fy synnu o ddeall nad oedd unrhyw beth o gwbl wedi'i ysgrifennu ar femrwn y cyfrolau, heblaw am un cofnod ar ddechrau pob cyfrol unigol:

Llyma urut kantreu e gwaelot

Ac yn dilyn hynny, dim. Dim un cofnod yn nodi na brenin na thywysog na brwydr na thrychineb na geni na galar. Dim oll. Meddyliais i ddechrau mai'r dŵr oedd rywsut wedi treiddio i'r gist, ac wedi dileu'r holl inc oddi ar y dalennau. Ond wedyn pam na fuasai wedi dileu'r penawdau ymhob llyfr hefyd? Nid oedd ôl niwed gan ddŵr ar y cyfrolau o gwbl fel arall. Buan y gwawriodd y sylweddoliad mwyaf rhesymegol arnaf. Ni chynhyrfais gymaint erioed o'r blaen o ddod o hyd i *ddiffyg* tystiolaeth: oherwydd roedd y diffyg hwn mewn gwirionedd *yn* dystiolaeth, yn cefnogi'r cofnod gwreiddiol hwnnw ar ymyl un copi ffacsimili o Lyfr Du Caerfyrddin, mai pobl heb gof oedd pobl Cantre'r Gwaelod. Y rhain oedd eu croniclau, eu llyfrau hanes gweigion.

Sut, felly, y trosglwyddwyd drylliau distadl o hanes y cantref i ninnau heddiw mewn rhai tameidiau byr? A pham mai'r methiannau, y rhai blêr a diofal, dihirod hyd yn oed, fel Mererid a Seithenyn, a gofnodwyd? Pam nad brwydrau mawr a llwyddiannau'r brenin Gwyddno Garanhir ei hun? Dyma fy hypothesis innau: yr oedd pobl Cantre'r Gwaelod yn bobl heb gof. Purion. Ni wyddent mo'u hanes eu hunain fel cenedl nac o ba gyff yr oedd eu teuluoedd unigol wedi hanu. Ni roddent fri ar gofio na chofnodi na hel achau o unrhyw fath. Pam hynny? Oherwydd iddynt fel pobl gael eu boddi, drosodd a throsodd. Arferent fod fel gweddill eu cyd-Gymry, yn ymserchu mewn achau a chwedlau a hanesion. Ond dysgasent yn fuan, ar ôl i'w tir gael ei foddi a'i orlifo, mai gwell, canmil gwell yn wyneb y bygythiad cyson a diatal o ddifodiant, ydoedd anghofio. Dysgasant rinweddau anghofrwydd. Mor boenus oedd yr atgof o foddi ceraint hyd y nawfed ach a chyfeillion a chydnabod, rhai a olchwyd ymaith gan don ar ôl ton o orlif, nes iddynt sylweddoli mai haws oedd eu gollwng dros gof, mai haws oedd adeiladu amddiffynfeydd yn eu meddyliau i'w rhwystro rhag cofio'r bobl hyn. Ni wnâi chwedlau a straeon ond deffro hen atgof a hen hiraeth yn eu meddwl, ac felly rhoesant y gorau i ymgynnull o amgylch coelcerthi i adrodd yr hen gyfarwyddyd ac i ganu'r hen ganeuon. Gadawsant eu croniclau'n wag ac yn wyn, a rhoesant fri mawr ar hynny. Yn wir, wedi mynych orlifo a boddi, dechreuasant greu arwyr o'r anghofus. Y rhai a anghofiai fwyaf ac amlaf a ddyrchefid yn eu mysg yn arwyr – arwyr byrdymor, o reidrwydd, ond arwyr serch hynny.

Y gyntaf o'r rheini oedd yr offeiriades a adawodd i ffynnon y tylwyth teg orlifo. Mawr fu'r bri arni nes iddi hithau hefyd lithro dros gof, i'r fath raddau nes anghofio'i henw. Mwy llwyddiannus, mae'n rhaid, oedd Mererid, oherwydd er gwaethaf ei gweithred arwrol o anghofio, cadwyd ei henw ar gof. Y pennaf arwr, fodd bynnag, yr arwr arwrolaf ohonynt oll, ydoedd Seithenyn. Ef oedd pencampwr anghofrwydd. Sut hynny? Gwyddai Seithenyn, neu o leiaf yr oedd ar ryw lefel yn ymwybodol o'r peth, am natur baradocsaidd meddylfryd ei bobl. Er mwyn cael ei gyfrif yn arwr anghofrwydd, roedd angen iddo ymgymryd â'r enghraifft fwyaf gorchestol bosibl o anghofio: anghofio a fyddai'n golygu boddi ei wlad unwaith ac am byth. Dyna pam y clodforid yr offeiriades, dyna pam y mawrygid Mererid. Ond deallai hefyd fod y cof amdanynt hwythau'n fyw hyd y dydd hwnnw ymhlith henuriaid ei lwyth oherwydd nad oedd eu hanghofrwydd yn ddigon cyflawn, a thyciai hynny ddim. Roedd ei bobl eto wedi goroesi ac o raid wedi cofio. Rhaid oedd iddo yntau gyflawni'r fath arwrwaith o anghofio nes na fyddai neb ar ôl i gofio'r weithred. Gwyddai'n iawn beth roedd yn rhaid iddo'i wneud. Byddai'n rhaid iddo feddwi, anghofio'n llwyr am y llifddorau, a gadael i'r môr foddi'r tir, gan greu'r fath alanastra nes na fyddai'r un adyn byw ar ôl, nac ôl ychwaith o'i gartref na'r llys, i gofio amdano. Ni fyddai hyd yn oed y tir ei hun yn gallu dal cof o anghofrwydd Seithenyn ar ôl y weithred hon. Ymdynghedodd i wneud hyn, ac yna, anghofiodd y cyfan. Dim ond rai misoedd yn ddiweddarach, ac yntau'n feddw gaib yng ngwledd y brenin Gwyddno, y llwyddodd maes o law i gyflawni ei waith.

Yr ydym felly, yn ôl fy namcaniaeth, wedi camddehongli Seithenyn yn ddybryd. Nid ffŵl blêr a meddwyn ydoedd, eithr pennaf arwr ei bobl. Erys un dirgelwch, fodd bynnag, sef ceisio deall arwyddocâd y llifddorau cerfiedig, cain. Yr unig eglurhad yw fod rhai o blith y llwyth yn rhwym o dynnu'n groes i feddylfryd ac ysbryd y mwyafrif, ac yn benderfynol o adael rhywbeth, rhyw arwydd o'u hôl, gan ysgogi'r cof a'r atgof amdanynt. Byddai tynnu'n groes i'r tylwyth yn ymgymeriad go beryglus fel arfer yn y cyfnod hwnnw, pan fyddid yn tueddu i gyd-fynd â'r *esprit de corps* cantrefol, pe na bai ond er hybu goroesiad y genedl. Ond os yw *esprit de corps* cenedl, neu bobl neu lwyth cyfan, yn gallu golygu eu bod yn cyfarfod eu tranc yn y fath fodd heb nemor gof na chofnod ohonynt, onid yw hynny wedyn yn cyfiawnhau gweithredoedd yr ychydig? Cynigiaf innau mai un o'r ychydig hynny a lwyddodd i ddianc rhag y dilyw olaf ac a sicrhaodd fod ar gael i ninnau heddiw, ar femrwn a thrwy drosglwyddiad cof cenedl, olion a drylliau o leiaf o hanes pobl Wyddno, oedd y Gwrhyt Gwymonieit a enwir ar ymylon y Llyfr Du. Yn sicr, nid i groniclwyr swyddogol Cantre'r Gwaelod y mae'r diolch, er mai dim ond gwneud eu gwaith yn unol â'u dyletswyddau yr oedd y rheini o adael eu dalennau yn gwbl wyn. Gwrhyt sydd i gyfrif am y ffaith na bu Seithenyn, hyd yn oed, yn gwbl lwyddiannus yn ei fenter, ac ef a gadwodd y cof amdano. Pwy a ŵyr nad oedd arwr mwy arwrol, yn wir, na Seithenyn ganddynt, ond ei fod yntau wedi llwyddo'n llwyrach yn ei amcan?

Dyna hyd a lled y gwaith yr wyf innau wedi gallu'i gyflawni hyd yma. Y mae *Prydwen* yn heneiddio a'i chyfarpar yn prysur ddyddio, heb obaith rhagor o gefnogaeth ariannol er mwyn caffael yr offer diweddaraf i fynd ymlaen â'r gwaith. Mae'r baich gweinyddol yn dal i bwyso, ac ni allaf ragweld amser pan fydd cyfle imi ymroi'n fanylach i'r gwaith. Am y tro felly yr wyf yn bodloni ar greu hyn o gofnod o'm canfyddiadau, hyd nes y daw cyfle i archwilio ymhellach ac yn ddyfnach. Yn bersonol, ni allaf lai na dyheu am gael mynd fy hun, o bryd i'w gilydd, i Gantre'r Gwaelod a'r tonnau i'm canlyn. Nid dymuniad sentimental am gael boddi mo hyn, ond y gwrthwyneb: y deisyfiad am gael byw'n hir mewn lle a chyda phobl lle mae'r amddiffynfeydd cystal nes na adewir yr un defnyn i mewn i'r tir na'r un atgof poenus i'r meddwl, lle ceir byw heb oedi eiliad i ymdrybaeddu yn anobaith y gorffennol. Pan sylweddolaf hyn o'r newydd drachefn bob dydd, yr wyf yn dyheu ac yn brifo am gael dianc i anghofrwydd Cantre'r Gwaelod. Oherwydd fe'm llethir ac aflonyddir arnaf beunos gan ddrychiolaethau o'm tad sy'n farw neu ar foddi.

ON: Nid oes cofnod o unrhyw Fratelli, boed Athro neu fel arall, ar gyflogres y brifysgol yn ôl y cofnodion canolog. Nid oes ychwaith lyfrgell adrannol yn perthyn i'r Adran Archaeoleg Môr: fe'i dihysbyddwyd o'r rhan fwyaf o'i llyfrau pan ymgorfforwyd yr Adran i'r Gyfadran Entrepreneuriaeth ac Arloesi dros ddegawd yn ôl, yr hon sydd â hen ystafelloedd dysgu a choridorau'r Adran Archaeoleg Môr bellach yn ei meddiant, ond hyd y gwyddys ni bu erioed o fewn cylch gorchwyl y llyfrgell honno i gynnwys ffacsimilïau o lawysgrifau canoloesol. Yn fy nghopi personol i o ffacsimili Gwenogvryn Evans ni ddatgelir unrhyw losau o edrych ar y tudalen a grybwyllir gan y diweddar Ddr Rees dan olau uwchfioled. Y mae, serch hynny, yng nghilfach bellaf y llyfrgell entrepreneuriaeth un gyfrol drom rwymedig a'i dalennau oll yn weigion: cadarnhaodd prawf diweddar o'r clawr mai o wymon y'i gwnaethpwyd.

Diolchiadau

Mae fy niolch am gymorth a chefnogaeth mewn amrywiol ffyrdd wrth lunio'r gyfrol hon yn ddyledus i nifer fawr o wahanol bobl. Peth peryglus yw dechrau enwi, ac mae'n rhaid i mi ymddiheuro o flaen llaw felly am unrhyw un sydd wedi'i anghofio.

Diolch i feirniaid y Fedal Ryddiaith 2016, Angharad Dafis, Jane Aaron a Dafydd Morgan Lewis, am amryw sgyrsiau, negeseuon e-bost a geiriau o gyngor ar ôl y gystadleuaeth honno. Bu trafodaeth fanwl a gefais ag Angharad Dafis yn gam hynod werthfawr wrth fynd ati i weithio ar y pytiau yn y gyfrol, a diolch iddi am roi mor hael o'i hamser a'i phrofiad.

Diolch i Rhiannon Marks, Iwan Rees, Dylan Foster Evans, Mair Treharne, Bleddyn Owen Huws, Angharad Price, Jon Gower – ac eraill, rwy'n siŵr – am fwrw golwg dros amrywiol ddrafftiau o'r gyfrol neu o straeon unigol ac am eu cyngor doeth. Diolch i Dave Davies am fy rhoi ar drywydd y wreca. Bu'r symposiwm ar y stori fer dan ofal Rhiannon Marks hefyd yn gyfle gwych i wyntyllu syniadau, a diolch i'r sawl a gynigiodd sylwadau y diwrnod hwnnw hefyd.

Diolch i Guto Dafydd a'r Five Guys am y sgyrsiau maith, ac am ofyn y cwestiynau iawn. I Huw Meirion Edwards a'i waith gofalus a sylwgar fel golygydd copi, diolch. Diolch i Sion Ilar yn y Cyngor Llyfrau ac i Alan Thomas yn y Lolfa am eu gwaith cywrain ar ddiwyg y gyfrol. Diolch hefyd i'r

Lolfa am eu parodrwydd i gyhoeddi'r gyfrol, ac yn benodol i Meinir Wyn Edwards y golygydd am ei dealltwriaeth, ei hamynedd, a'i gofal di-ben-draw dros y gyfrol – bu'n bleser cydweithio a mawr yw fy niolch.

Rhaid diolch i amryw gyfeillion a chydnabod am sgyrsiau, cefnogaeth a chyfeillgarwch yn ystod cyfnod llunio'r gyfrol a thu hwnt. Mae'r rhain yn cynnwys criw'r Twlc yng Nghaerdydd a wrandawodd yn amyneddgar ar fersiwn o 'Cynfelyn' a chynnig sylwadau difyr, yn enwedig Tony Bianchi; tîm y Ffoaduriaid, sef Gruff, Gwennan a Casia; Katie Gramich; criw *O'r Pedwar Gwynt* a Sioned Puw Rowlands yn enwedig; a'm cyd-weithwyr cwbl arbennig, ym Mhrifysgol Caerdydd i ddechrau ac yna yn CBAC.

Yn olaf, mae fy niolch pennaf fel pob amser i'm teulu – yn enwedig Mam a Dad, Nain a Taid, Rhydian a Betsan, Heledd a Huw, a theulu Wrecsam – am eu cefnogaeth a'u cariad, ac i Lowri, am bopeth.

£8.95